Siddhartha
流浪者之歌
(悉達多)

赫曼・赫塞 Hermann Hesse 著　董曉男 譯

目錄
Contents

前言

赫曼·赫塞是德國詩人、作家，於一九四六年榮獲諾貝爾文學獎。《流浪者之歌》[1]是他的代表作之一，於一九二二年在德國出版。在書中，赫塞借悉達多之口，表達了自己對世界、對人生的追問和感悟。

《流浪者之歌》講述了一段關於追尋與成長的故事。悉達多是一名古印度的少年，他年少離家修行，先入沙門，後入塵世，一步步成長為一位佛陀般的智慧老者。書中不僅有年少之人的徘徊與迷茫，還有對哲學、佛學思想和古印度經典的深入剖析。它帶領我們穿越千年，回到古印度，回到悉達多所在的那個虛擬的時空中，與悉達多一同經歷他的人生起伏、涅槃重生，感受他的智慧、徘徊與慈悲。

書中的主角悉達多，原名喬達摩．悉達多，後來被人們尊為釋迦牟尼，意思是「釋迦族的聖人」。而在這本書中，他與釋迦牟尼是兩個個體，是終其一生都在追尋喬達摩的身影，試圖尋找著屬於悉達多自己人生答案的人。

悉達多的一生，是一場從繁華到沉寂，從迷茫入繁華中脫離再覺醒的傳奇經歷。他出生於高貴的婆羅門一族，自出生起就享受著常人難以企及的榮華富貴。然而，他並未因此滿足，反而在繁華中對生命意義和本質產生了疑惑，並離開了家。

1 編注：原書名為Siddhartha，亦直譯作《悉達多》。

在旅途中，悉達多經歷了無數的苦難與挫折、徘徊與尋找，但他從未放棄。他不斷地學習、思考、實踐，最終在奔流不息的河水中悟到了涅槃，成為他曾嚮往的佛陀的樣子。

《流浪者之歌》一書，表達了赫塞對個體的自我實現和內在探索的強烈關注。小說強調了人生經歷的多樣性和複雜性，以及通過直接體驗和內省來實現個人成長和智慧的重要性。人生的苦難與無常始終存在，痛苦的根源在於欲望與執著。赫塞教導人們放下執著，追求內心的平靜與自由。這種思想，對如今的我們同樣具有深刻的啟示。

赫塞通過悉達多的故事，探討了宗教、哲學和人生的意義，也表達了對東方哲學和宗教思想的讚賞。這本小說思想深邃、文學風格獨特，給讀者帶來深刻的人生感悟，被譽為現代文學的經典之作。

為方便讀者理解，本書附上了通俗易懂的解讀和相應的歷史、佛學等知識介紹，帶領讀者走進悉達多的生活和內心，幫助每一位讀者切身體會他的人生與哲學。因編譯者水準所限，如有紕漏之處，敬請讀者批評指正。

第一部

婆羅門之子

沙門

喬達摩

覺醒

在屋簷的陰影下，在河畔交織的陽光中，在涼爽的榕樹林裡，在無花果樹的蔭蔽下，悉達多，這個英俊的婆羅門之子，年輕的鷹隼，與他的摯友——同為婆羅門之子的喬文達一同長大。在河畔的洗禮和神聖的祭典中，陽光將悉達多的肩膀染成了古銅色。在芒果林深處，樹影淌進他深邃的黑眸，伴隨著童年的遊戲、母親輕吟的歌聲、莊嚴神聖的儀式、學者父親的教誨以及智者們的對話，他的心靈逐漸得到滋養。歲月流轉，他開始與智者交流思想，與喬文達切磋辯論，一起探索冥想的境界，共同追求精神的昇華。他已領悟如何無聲地念誦「唵」[1]，於呼吸之間，將它內化於心，再隨氣息流轉，將其悄然吐出。在此過程中，他的心靈得到了淨化，他的額頭彷彿被智慧的光輝環繞。

---

1 佛教用字。表示佛部心，代表法、報、化三身，佛教六字真言的起首字。

〈解說〉

古代印度施行等級森嚴的種姓制度，這是伴隨雅利安人入侵印度而創立的一種社會制度。「婆羅門」便是印度種姓制度中的第一等級，是掌管宗教的世襲貴族，擁有解釋宗教經典和祭神的特權以及享受供奉的特權，壟斷了文化教育和宗教話語的解釋權。

第二等級為「剎帝利」，是軍事貴族和政治貴族，婆羅門思想的受眾，擁有徵收各種賦稅的特權，負責政治和軍事。

第三等級為「吠舍」，主要是普通的雅利安人，政治上沒有特權，必須以佈施和納稅的形式來供養前兩個等級，主營商業。

第四等級為「首陀羅」，絕大多數是被征服的土著居民，屬於非雅利安人，從事農牧漁獵等職業，是人口最多的種姓。

除了四大種姓，「第五種姓」被稱為「不可接觸者」階層，又稱「賤民」或「達利特」，地位最低。

他已深刻感知到自我內在的靈魂——阿特曼，那不可摧毀、與整個宇宙合一的存在。他的父親心中充滿喜悅，因為他的兒子博學且渴望知識，將成長為一名偉大的智者和祭司，婆羅門中一位傑出的領袖。

每當母親看到他穩健的步伐，優雅地坐下與站起，看到悉達多，那個堅強、英俊、步伐輕盈的青年，以完美的禮儀問候她時，母親心中便湧動著無盡的歡愉。

每當悉達多穿過城市的街巷，他光潔的額頭、王者般深邃的眼神和勻稱的身姿，都會撥動那些年輕婆羅門女子的心弦。

然而，在眾人之中，同為婆羅門之子的喬文達對他的深厚情誼更勝所有人。喬文達愛悉達多的眼睛和悅耳的聲音，他愛悉達多的步態和完美優雅的舉止，他愛悉達多所做的一切、所說的每一句話，但最讓他

〈解說〉

阿特曼，婆羅門教用語，意思為「呼吸」，引申為個體靈魂（生命我）、世界靈魂（大我）或宇宙統一的原理。《奧義書》闡述了生命我與梵或世界靈魂的關係。梵是宇宙的最高存在、最高本體或最高的神（即梵天），一切事物的主宰和生命的根本。《奧義書》認為生命我來源於梵，與梵在本質上同一。阿特曼小於米粒或麥粒，或芥子，或黍；阿特曼大於天，大於地，大於空，大於萬有世界。體認阿特曼類似於「明心見性」，窺見宇宙人生的真相。

著迷的是悉達多的精神——那高遠而熾熱的思想，那燃燒著的意志，以及他崇高的使命。喬文達深知悉達多的不凡，他註定不會淪為一個平凡的婆羅門，一個懶散的祭祀官，一個利用咒語迷惑人心的貪婪商人，一個空洞虛榮的演說家，一個玩弄權謀的祭司；也不會成為羊群中沒有思想、隨波逐流的一員。不，他喬文達也不願成為眾多平凡婆羅門中的一員。他渴望追隨悉達多的腳步，追隨那位受眾人愛戴與敬仰的領袖。若悉達多有朝一日成為神祇，融入那群星璀璨的光芒之中，喬文達願作為他的朋友、他的夥伴、他的僕從、他的守護者、他的影子，隨他左右。悉達多贏得了眾人的心，他的存在為他人帶來喜悅，是他們快樂的源泉。

但在內心深處，悉達多卻未能找到屬於自己的那份喜悅。他漫步在無花果園中玫瑰色的小徑上，坐在樹蔭下沉思，每日在贖罪的泉水中沐

〈解說〉

喬文達是悉達多的好友，他一直認為悉達多擁有常人不曾有過的思想和使命感。對年少時的喬文達來說，他的追隨與其他人單純的喜歡並不相同，絕不是跟風，而是對自我的追隨，對平靜和意義真正的找尋。

當悉達多與喬文達見到真正的佛陀——喬達摩時，二人選擇的道路是完全相反的。悉達多選擇步入塵世，而喬文達則是留在佛陀身旁，做了一名苦行僧、修行者。兩人再相見時，喬文達還是與悉達多分開時的年少模樣，而悉達多已成了曾經的喬達摩。

浴，在蔽日的芒果樹林中獻祭；他舉止得體，贏得眾人的喜愛，生活在歡樂與讚美之中。然而，他的內心深處卻沒有喜悅。夢境湧向他，不安的思緒在河流的漣漪中蕩漾，在夜空的星辰中閃爍，在陽光的溫暖中融化。這些夢境，帶著不安的靈魂，從祭祀的煙霧中升起，從《梨俱吠陀》的詩句中顯出，從古老婆羅門智者的教誨中滴落。

悉達多心中變得愈來愈悵然。他逐漸意識到，父親的愛、母親的關懷，包括摯友喬文達的深情，並不能夠永遠、時時刻刻都讓他感到快樂、平靜和滿足。他開始有了一種模糊的覺悟，他敬愛的父親和其他導師，那些智慧的婆羅門，或許已經將他們最為珍貴的智慧悉數傳授給了他。或許，他們已經將豐富的知識注入他渴望的精神容器，然而，那容器並未充盈，他的心靈依然未得到滿足，靈魂依舊不安，內心的渴望仍未平

〈解說〉

▶《梨俱吠陀》全名《梨俱吠陀本集》，是《吠陀》中最重要的一部作品，也是印度最古老的一部詩歌集，是古印度所有詩集中最有文學價值的。《梨俱吠陀》中的「吠陀」有「知」的意思，可以將其理解為知識；「梨俱」是詩節的名字。

這是一部頌神詩集，大概於西元前十五世紀至公元前十世紀產生。詩集主要講述某些特定的神話故事，描述或解釋自然現象和社會現象，記載祭祀的種種事宜等。

▶生主，音譯為「缽羅闍缽底」，是印度神話中對創世神、造物主的稱謂。有些典籍中認為造物主有七個，有些則認為是二十一個，說法不一。各個神明的名稱也不一樣。

息。洗禮雖然神聖，但那不過是水，無法沖刷罪孽，無法滿足心靈的渴望，亦不能化解內心的恐懼。向神明祭祀和祈禱無疑高尚，但這便是全部嗎？祭祀真能帶來幸福嗎？那麼神靈呢？真是生主創造了這世界嗎？還是阿特曼——那個唯一的、永恆的存在，才是萬物的創造者呢？難道神祇不也是如你我一般，會隨著時間的流逝而消逝嗎？

那麼，向神明獻祭是否是善行？是否是正確的選擇？是否是一種有意義且至高無上的行為呢？除了向那唯一且永恆的阿特曼，我們還能向誰獻祭，向誰表達最深的敬意呢？而我們要去哪裡尋覓阿特曼，它居於何處，它永恆的心跳在哪裡？難道不是在我們自己內心深處嗎？但是，那個真正的「我」，那個深藏於我們內心最深處的自我，它究竟在何方？智者告訴我們，它既非血肉和筋骨，也非思維或意識。那麼，它究竟在

〈解說〉

《娑摩吠陀》是四大吠陀經中的第二部，基本上是集第一部《梨俱吠陀》中的頌而成。吠陀的主要目的是歌頌神明，企圖教會人們如何通過祭祀、善行和犧牲等方式取悅神明。吠陀眾神也是印度人民所崇拜的神，有蘇里耶（太陽神）、因陀羅（雷雨神）和烏莎斯（黎明女神）等多個神。

哪裡？是否存在一條通往「我」，那個真正的自我，通往阿特曼的道路，值得去探索和尋找呢？唉，似乎沒有人能夠指明這條道路，沒有人能夠知曉它在哪裡，父親、老師、智者，還有那些神聖的祭祀頌歌都不知曉。婆羅門和他們的聖典，對世間萬象瞭若指掌，鑽研世界的誕生、語言的起源、食物的攝取、生命的呼吸、感官的秩序，以及諸神的偉業——他們所知的無窮無盡。然而，如果他們未曾領悟到那最關鍵、最根本的真理，那唯一真正重要的存在——那麼知道這一切又有何價值呢？

確實，在那些聖典中有許多詩句，尤其是《娑摩吠陀》中的《奧義書》，都曾探討過這個內在而深邃的自我，那些是偉大的詩篇。書中寫道：「你的靈魂是整個世界。」它還描述了人在夢中，在深度睡眠中，會進入自己的內心深處，與阿特曼同在。這些詩句蘊藏著令人驚歎的智

〈解說〉

《奧義書》是古印度古老的哲學典籍，這個名稱最初的意思是「坐在旁邊」，可以理解為坐在古代能人異士（例如喬達摩）的身旁，有「祕傳」之意。古印度常用這些典籍來教授青年學者，它們也是古印度人思考自我和宇宙的源泉。《奧義書》最早約出現於西元前七世紀，內容涉獵廣泛，核心是探討世界的終極原因和人的本質。《奧義書》對古印度的宗教和哲學有深遠影響，在很大程度上影響了後來的印度哲學。

《奧義書》由《吠陀》發展而來，經常被理解為婆羅門教和印度教的經書。但《奧義書》並不是完全由婆羅門所寫的，也並非完全表達婆羅門的觀點。相反，很多《奧義書》當中還有敵視婆羅門祭司的內容。

慧，彷彿是智者智慧的精華被巧妙地編織成文字。它們純淨而甘甜，就像蜜蜂採集的花蜜。不，這裡蘊含的大量知識不容忽視，它們是歷代婆羅門智者收集和保存下來的心血結晶。但是，那些真正能將這些知識內化於心、活出其精髓的婆羅門、祭司、智者和修行者，他們又身在何處？在何處能找到那些智者，能夠將我們靈魂深處的阿特曼從沉睡中喚醒，帶到清醒的意識裡，融入生活的每一步、每一言和每一行中？悉達多認識許多值得敬重的婆羅門，尤其是他的父親，那位純粹、博學、備受尊崇的智者。他的父親令人敬仰，舉止沉靜高雅、生活質樸、言辭睿智，頭腦中閃爍著高貴的思想——但即便是他，作為一位博學的智者，真的活在幸福中嗎？他擁有內心的寧靜嗎？難道他不也只是一個尋覓者嗎？難道他不也像一個渴望者，在祭祀中，在閱讀經典時，在與婆羅門智者的交流中，不斷地尋求那些能夠滋潤心靈的神聖甘泉嗎？

〈解說〉

「你的靈魂是整個世界」，這是《奧義書》當中的詩句頌言。它說的大概是一種心外無物的狀態，類似「宇宙即是吾心，吾心即是宇宙」。將靈魂深處的一切東西放到宇宙中，或許你只會感受到自我的渺小，宛如一粒塵埃，但如果把心看作宇宙，你便擁有了整個宇宙。

為何他這樣一位無可指摘的人，每日都要洗去自己的罪孽，每日都要努力淨化自己？

難道阿特曼沒有居於他心中，生命之泉沒有流淌於他的內心深處嗎？人必須找到它，去擁有那源自真我的生命之泉！除此之外，一切尋覓皆是徒勞，是迷途，是困惑。這就是悉達多的想法，是他的渴望，是他的痛苦。

他時常在心中默念《唱贊奧義書》中的箴言：「確實，梵的名字是真理，那些洞悉這一真理的人，每日都能步入天堂。」天堂似乎近在咫尺，但他從未真正觸及，從未徹底滿足那最深層的渴望。在他遇見的眾多賢者與智者裡，儘管他們深切地給予他教誨，卻沒有一人能徹底抵達那天堂，沒有一人能完全抹去那永恆的渴望。

「喬文達，」悉達多對他的朋友說，「親愛的朋友，隨我一同到榕樹下，讓我們去修習冥想吧。」

他們來到榕樹下，坐了下來，悉達多在這裡，喬文達在二十步之外。悉達多輕身落座，準備開始吟誦那神聖的「唵」。他口中低聲複誦著：

「『唵』如彎弓，靈魂似箭，

梵乃靶心，

一心致志，不懈中的。」

日常的冥想時光悄然流逝，喬文達站起身來。夜幕降臨，晚間沐浴的時辰已到。他輕聲呼喚悉達多的名字，然而，悉達多沒有回應。他靜坐不動，目光穿透時空，凝望著遠方的目標，舌尖輕抵著牙齒，呼吸幾不可察。他沉浸於冥想之中，心中默念著「唵」，將靈魂化作利箭，射向梵天。

那時，三個沙門穿過悉達多的城市。他們是朝聖的苦行僧，三個乾瘦、憔悴的男人，既非老邁也不年輕，肩上沾滿塵土與血跡，幾近赤裸地暴露在太陽的炙烤下。他們被無盡的孤寂環繞，與塵世的喧囂格格不入，宛如迷失在人間的陌生人與孤狼。隨著他們的步伐，空氣中似乎縈繞著一股沉靜的熱情，那是具有毀滅性的奉獻，對自我犧牲的無情追求。

晚上，沉思之後，悉達多對喬文達說道：「明日清晨，我的朋友，悉達多將加入沙門的行列。他決心成為一名沙門。」

〈解說〉

▶「『唵』如彎弓，靈魂似箭，
梵乃靶心，
一心致志，不懈中的。」
在這句話中，「唵」是認知，「心」即靈魂，所以整句話的大概意思是，用獲得的知識和認知做弓，以靈魂為箭，宇宙的自我為箭矢之地，智者不應懈怠，而應堅持不懈地將它擊中。也就是說，有認知的靈魂應不斷地追尋高我。

▶「沙門」又作沙門那，有勤勞、息心、修道等意。這個詞最初為古印度的宗教名詞，泛指所有出家、苦修、禁欲、以乞食為生的修行者，後被收入佛教，基本上用來專門指代佛教徒。

喬文達聽到這話後臉色大變，他在悉達多靜如止水的面龐上，看到了堅不可摧的決心，宛如弓箭離弦，便不再回頭。在那一瞬的對視中，喬文達意識到：新的篇章即將開啟，悉達多正要邁開步伐，走向自己的命運之路，而他自己的人生，也將隨著悉達多的腳步，一同走入新的篇章。他的面頰失去了血色，如曬乾的香蕉皮。

「哦，悉達多，」他喊道，「你的父親會允許你這樣做嗎？」悉達多的目光穿透迷茫，如同初醒的靈魂。他迅速洞悉了喬文達的內心，從中讀到了恐懼，讀到了順從。

「哦，喬文達，」他輕聲說，「我們不必再為此多言。明日破曉，我將開始我的沙門修行。我們不必再談論此事。」

悉達多走進屋內，他的父親正坐在一張草墊上，他走到父親身後，靜靜站立，直到他的父親感覺有人站在身後。這位婆羅門問道：「是你嗎，悉達多？如果心中有話，儘管向我傾訴。」

悉達多回答說：「尊敬的父親，願我的請求能得到您的理解。我來這裡是為了告訴您，明日我想離開我們的家，加入苦行僧的行列，成為一名沙門，這是我的願望。願您，我的父親，不要反對這個決定。」

這位婆羅門沉默著，久久不語，直到夜空中的星辰緩緩走過，這份沉默才在房間中找到了盡頭。兒子雙臂交叉，靜靜站著，父親則靜默不動，坐在草墊上，空中的星辰在繼續巡遊。父親緩緩開口說道：「身為婆羅門，我們應當避免激烈和憤怒的言辭。但我心中確實有些不悅。我不希望再聽到你提出這樣的請求。」

婆羅門說完，緩緩站起身，悉達多則靜靜地站著，雙臂交叉在胸前。

「你還在等什麼？」父親問道。

悉達多回答說：「您知道我在等什麼。」

父親生氣地離開房間，帶著不悅走向自己的床榻躺下。一個小時過去，這位婆羅門始終未見睡意，於是起身，在屋內來回踱步，最終步出了屋門。他透過房間小小的窗戶向內望去，只見悉達多依然站在那裡，雙臂交叉，堅定如初，淺色的長袍在夜色中泛著淡淡的光澤。父親心懷不安，回到床榻上。

又一個小時過去，婆羅門仍無睡意，於是再次起身，來回踱步，走到房門前，看著明月升起。他的目光穿過窗櫺，投向室內，只見悉達多依舊站在那裡，堅定如初，雙臂交叉，月光灑落在他裸露的小腿上。

父親心中充滿了憂慮，再次回到自己的床榻上。然而，一個小時、兩個小時，他一次又一次回到那熟悉的小窗前，透過小窗望向屋內，看到悉達多依舊站著，身影在月光下、星光中，黑暗裡顯得格外堅定。隨著時間點滴流逝，父親不斷回到那個窗口，默默望著屋內，看著那堅定不移的身影。他的心中充滿了憤怒、不安、猶豫和痛苦。在那即將迎接黎明的最後時刻，父親再次步入房間，他看到年輕的兒子依然站在那裡，變得高大而陌生。

「悉達多，」父親問道，「你還在等什麼？」

「您知道答案。」

「你打算這樣一直站著、等待著，直到天亮，直到中午，直到夜晚嗎？」

「我會一直站著等待。」

「你會疲倦的，悉達多。」

「疲倦終會來臨。」

「你會睡著的，悉達多。」

「我不會睡著。」

「你會死去的，悉達多。」

「我將迎接死亡。」

「你寧願選擇死亡，也不願聽從你父親的話嗎？」

「悉達多向來尊敬並順從他的父親。」

「那麼，你願意放棄你的打算嗎？」

「悉達多會做他父親要求的事情。」

隨著第一縷晨光灑進房間，父親看到悉達多的雙膝在微微顫抖。但在悉達多臉上，卻看不到任何波瀾。他的目光遙望遠方。父親意識到，此刻的悉達多已不再屬於他，不再屬於這個家，現在兒子已經離開了他。

父親輕撫悉達多的肩膀。

「你將踏入林中，成為一名沙門。」他說道，「如果你在林中找到了真正的安寧，那麼請回來，將你的智慧傳授於我。但如果你發現的只有失望，那麼也請回來，讓我們再次一同向神明獻祭。現在去吧，去親吻你的母親，告訴她你的去向。至於我，是時候前往河畔，開始我今日的第一次沐浴了。」

他輕輕收回兒子肩膀上的手，緩緩走出門去。悉達多試圖邁步，卻感到身體有些搖晃。他努力控制自己的肢體，恭敬地向父親行了一禮，然後，按照父親的吩咐去見母親。

當他在初升的陽光下，踏著僵硬的步伐，緩緩離開這座靜謐的城市時，最後一間小屋旁，一個蹲著的身影站起身來，一起加入了成為朝聖者的行列——喬文達。

「你來了。」悉達多微笑著說。

「我來了。」喬文達應道。

〈解說〉

悉達多是古印度覺醒者、佛教創始人釋迦牟尼佛未出家時使用的名字。釋迦牟尼佛姓喬達摩，名悉達多，是古印度的貴族。本書的主人公也名悉達多，貴族出身，但一般認為他並非悟道前的釋迦牟尼，而是一個同樣追求悟道解脫的婆羅門之子，可以看作證悟修行者的代表。在古印度，貴族日常修行的功課涵蓋全面，有哲學、數學、天文等。他們學習苦行、瑜伽、禪定和持咒，訓練思辨能力並探求、獲取智慧。悉達多最初也遵循這樣的修行方式。

第一部

> 婆羅門之子
> **沙門**
> 喬達摩
> 覺醒

這天黃昏時分，他們追上那些身形消瘦的沙門，請求加入他們的行列，承諾遵從他們，並被接納。

悉達多將自己的長袍贈給路上一位貧窮的婆羅門，只繫了一條簡單的腰布，披了一件未縫製的土色披風。

他每天只進食一次，且無需烹煮。他齋戒十五日，又齋戒二十八日。隨著時間流逝，他的身形和面容日漸消瘦。因消瘦而凸顯的大眼睛中閃爍著熾熱的夢想，他枯瘦的手指上長出長長的指甲，下巴上的鬍鬚乾枯蓬亂。

當他遇見女人時，眼神中會透出冰冷；當他行走在城市之中，穿過衣著華麗的人群時，嘴角會流露出一絲不屑。他見到商人忙碌地交易，貴族興致勃勃地狩獵，哀悼者為逝者哭泣，妓女招攬生意，醫生盡心照料病人，祭司決定播種時節，戀人沉醉於愛河，母親哺育孩子。然而這一切，在他眼中，都不值一看，都是虛妄。一切都散發著謊言的惡臭，一切都假裝有意義、幸福和美麗，而實際上這一切，卻皆是不為人知的腐朽。世間的滋味皆是苦澀。生活充滿痛苦。

對悉達多而言，他只有唯一一個追求，便是那空無的境界：渴望的空無，欲望的空無，夢想的空無，歡樂與痛苦的空無；自我的消融，心靈的徹底寧靜，在無我之境中，與那些令人驚歎的奇跡相遇，這便是他的嚮往。

當「我」被征服、死去，當心中的每一分渴望和每一次衝動都歸於寧靜，那最深處的本性將在靈魂深處甦醒，那不再是「我」，而是宇宙間偉大的奧祕。

在烈日直射下，悉達多默默站立，痛苦和乾渴使他灼熱，但他一直站著，直至不再感到痛苦，不再感到乾渴。

他在雨中靜默站立，雨水從他的髮梢滴落，沿著冰冷的肩膀、臀部和雙腿流淌。這個尋求救贖的人，佇立在雨中，直至肩膀和雙腿不再感到寒冷，直至它們沉寂無聲，直至一切化為寧靜。他默默地蹲在荊棘叢中，鮮血從灼熱的皮膚上滴落，膿液從傷口中緩緩滲出。悉達多僵直地蜷縮著，一動不動，直到不再流血，直到不再感到刺痛，直到所有灼燒感消失。

悉達多筆直地端坐著，修習斂氣，修習用最少的氣息生存，修習屏息。他學會從呼吸開始，安撫自己的心靈，逐漸減緩心跳的頻率，直至心跳聲漸趨寧靜。

〈解說〉

步入沙門的悉達多已和路上行走的苦行僧一樣蔑視塵世了，在他的世界裡，一切皆是欺騙、欲望與虛幻。世間苦澀如歌，生活也早已被折磨、吞噬、掩蓋。他開啟了自毀式的修行，將自己變成「糟糕」的樣子，不斷齋戒，讓荊棘劃爛自己嬌嫩的肌膚，逐漸麻痹自己所有的感官……

悉達多此刻唯一的願望便是進入空無，當「我」徹底消亡，真正的阿特曼必會覺醒。這是此刻悉達多所做的，也是他一直想要去追尋的。

在沙門長者的引導下，悉達多遵循著新的沙門戒律修習無我，修習冥想。一隻蒼鷺掠過竹林，悉達多將這隻蒼鷺納入自己的靈魂，隨之飛翔於林海山川上。在那一刻，他與蒼鷺合為一體，捕食魚兒，感受蒼鷺的飢餓，發出蒼鷺的鳴叫，最終以蒼鷺的方式結束生命。在河岸的沙灘上，躺著一隻死去的豺狼，悉達多的靈魂悄然滑入它的軀殼。他成了具無生命的軀體，靜靜地躺在沙灘上，隨著時間流逝，身體膨脹、腐爛、散發惡臭，最終，被鬣狗撕成碎片，被兀鷹啄食至骨，成為一堆骨架，化為塵土，飄散在廣袤的原野上。悉達多的靈魂在經歷死亡、腐爛、化為塵埃後返回，嘗盡了生命迴圈的苦澀與迷醉。如獵人耐心地等待機會，他渴望從超越輪迴的缺口逃脫，開始一個無痛無苦的永恆。他摒棄自己的感官，抹去記憶，從「我」的束縛中悄然滑出，化身為千百種陌生的形態。他化作動物，化作腐肉，化作石頭，化作木頭，化作流水。每一次醒來，無論是陽光普照還是皓月當空，他都會重新發現自己，再次成為那個「我」，在生命的輪迴中往復，感受渴望，克服渴望，又一次次迎來新的渴望。

悉達多在沙門的引導下學到了許多。他學會了超越自我的諸多途徑。他選擇了一條通過痛苦來淨化心靈的道路，自願經歷並戰勝苦難、飢餓、乾渴和疲憊。悉達多踏上冥想的修行之路，學會了清空內心的雜念，走上了擺脫自我的道路。他探索諸多修行之道，無數次拋卻自我，數時數日沉浸在非我之境。然而，儘管每條道路似乎都在試圖擺脫「我」，但每次探索的終途，卻總將他引回「我」。即使悉達多千百次逃脫「我」的束縛，遁入虛無，在動物、石頭中停留片刻，但那一刻無法逃脫，歸途總是不可避免。在日光或月光下，在樹蔭或雨水中，他再次成為「我」，重新成為悉達多，再次感受到那循環往復的苦楚。

喬文達如影隨形，他們並肩同行，經歷著相同的歷練。除儀式與修行所需，他們甚少交談。有時，兩人會一同前往村莊，為自己和師父乞食。

在一次乞食途中，悉達多對喬文達說：「你怎麼看，喬文達？我們是否已經走得更遠？我們實現目標了嗎？」

喬文達回答道：「我們一直在學習，並且還將繼續學習。你將成為一位偉大的沙門，悉達多。你迅速掌握了每項修行技巧，經常得到那些老沙門的讚賞。你終將成為一位聖者，哦，悉達多。」

悉達多回答說：「我並不這樣覺得，我的朋友。直到今日，我在沙門這裡學到的一切，哦，喬文達，其實有更快捷、更簡便的途徑可以掌

〈解說〉

悉達多一次次地脫離「我」，又一次次地回歸「我」，不斷地在壓抑自我的道路上墜落，又一次次地回歸，重回下一個不解之處，又重歸新的渴望。他的靈魂與蒼鷺共生死，與狼一起灰飛煙滅，再重歸於自我。無數次經歷靈魂的死亡與重生，悉達多卻依舊沒能尋找到真正的答案。

握。在那些花街柳巷的酒館裡，我的朋友，在那些馬車夫和擲骰子的賭徒中，我同樣能夠學到這些。」

喬文達說：「悉達多，你是在和我說笑。在那些迷失的靈魂中，你如何能夠學到靜心冥想、控制呼吸，以及在飢餓與痛苦面前保持超然？」

悉達多沉吟，彷彿在對自己低語：「什麼是冥想？什麼是超脫肉體？什麼是禁食？什麼是屏息？那是對『我』的逃避，是從自我存在的痛苦中短暫解脫的喘息，是暫時忘卻生命中的痛苦和荒謬。在客棧裡，牧牛人喝下幾碗米酒或發酵的椰子汁，也會感受到同樣的逃避和麻醉。那時，他感受不到自我，生命的痛苦也暫時消逝，他得到了短暫的麻醉。他在酒杯旁沉入夢鄉，得到了與悉達多和喬文達在漫長修行中脫離肉體、在無我之境中遊走時相同的感受。就是這樣，哦，喬文達。」

喬文達說：「你可以這樣說，哦，我的朋友，但你知道，悉達多並非牧牛人，沙門也並非酒徒。酒徒或許能尋得一時的痲醉，或許能獲得短暫的安寧，但當他從幻夢中歸來時，一切依舊。他並未變得更加智慧，沒有積累任何真知，也沒有在精神的階梯上更上一步。」

悉達多輕笑著說：「我並不知曉。我從來不是個酒徒。但我深知，在我的冥想和修行中，我所感受到的僅是短暫的忘卻，而我與智慧和解脫的距離，仍如同我還是母親腹中的胎兒那般遙遠。哦，喬文達，這一點我清楚，這一點我了然於心。」

又一次，當悉達多與喬文達一同離開森林，前往村莊為他們的師兄弟和師父乞食時，悉達多開口談論起來。他說道：「那麼，親愛的喬文達，我們是否真的走在正確的道路上？我們是否正在接近真知？我們是否在靠近解脫？還是說，我們其實只是在原地打轉，而自以為擺脫了輪迴的束縛？」

喬文達說：「我們已經學了許多，悉達多，但仍有許多東西等待著我們去探索。我們並非在原地打轉，而是在向上攀登，這過程如同螺旋，我們已經攀登過好幾個臺階。」

悉達多回答道：「你覺得，我們最年長的沙門長老，那位令人尊敬的導師，已經多大年紀？」

喬文達說：「我們那位最尊敬的長者，或許已有六十歲。」悉達多回應道：「六十年的歲月，他已老去，卻未曾觸及涅槃。他將繼續走向七十歲、八十歲的高齡，我們也將隨著時間流逝而老去，會繼續我們的修行、禁食和冥想。但我們無法抵達涅槃，他不能，我們也不能。哦，喬文達，我猜想，在所有沙門之中，或許沒有一人能夠抵達涅槃的境界。我們找到了慰藉，得到了麻醉，我們學會了欺騙自己的技巧。但最根本的，那條通往真理的道路，我們卻未曾找到。」

喬文達說：「請不要說這樣令人不安的話，悉達多！在眾多的博學之人中，在那麼多婆羅門中，在那麼多嚴以律己、德高望重的沙門中，在那麼多尋找真理、那麼多內心堅定、那麼多聖潔的人中，難道就沒人能夠找到那條至高無上的道路嗎？」

悉達多用一種既悲傷又輕蔑的聲音回答，那聲音輕柔而略帶哀愁，透著一絲嘲諷：「很快，喬文達，你的朋友將離開這條我們曾並肩走過的沙門之路。哦，喬文達，我渴望著，在這漫長的沙門修行之路上，我的渴望未曾減弱分毫。我始終如一，渴求知識，心中充滿無盡疑問。年復一年，我向婆羅門的智者尋求指引；年復一年，我研讀那神聖的《吠陀》。或許，哦，喬文達，如果我向犀鳥或猩猩求教，也許同樣有益，同樣能獲得智慧，能帶來心靈的寧靜。哦，喬文達，長久以來，我一直在探索，至今仍在探索，只為悟出一個道理：我們其實無法真正學到任何東西。我相信，實際上並不存在我們稱之為『學習』的東西。哦，我的朋友，只有一種知識無處不在，那便是阿特曼，它存在於我，存在於你，存在於每一個生命之中。因此，我開始相信，這種知識最大的敵人，莫過於對知識的渴望和對學習的執著。」

喬文達停下了腳步，舉起雙手，說道：「請不要用這樣的話使你的朋友感到不安，悉達多！確實，你的話觸動了我內心深處的不安。想想看，若真如你所說，沒有了學習，那麼祈禱的神聖何在，婆羅門的尊嚴何在，沙門的聖潔何在？那麼，悉達多，那些世間被視為神聖、寶貴、值得尊敬的一切，又將何去何從？」

喬文達低聲吟誦一段古老的《奧義書》箴言：

誰以純淨深定之心，
沉入阿特曼，
他所感知天空之樂，
將不可言傳。

而悉達多沉默不語。他思索著喬文達的話，反覆回味著每一個字。

他垂首沉思，是的，那曾令我們感到神聖的一切，如今還剩下什麼？留下什麼？什麼能恆久不變？他搖了搖頭。

兩位青年一同修行，在沙門中共度了近三年的時光。途中，他們經常聽聞一個消息、一段傳說：一位名為喬達摩的人已經降臨世間，他就是佛陀，人們稱他「世尊」。他已戰勝了世間的苦難，使得生死輪迴的迴圈停歇。他是傳道的智者，帶領一群年輕的弟子，遊歷於各地。他無牽無掛，無家無室，身披苦行者的黃色袈裟，但他的額頭卻洋溢著喜悅，他是心靈得到淨化的福者。即便是婆羅門和王公貴族也向他俯首，成為他的門徒。這個傳說、這個故事，四處傳揚。無論是在城中婆羅門的口中，還是在林中沙門的低語中，喬達摩，也就是人們所稱的佛陀的名字，一次又一次地傳到青年的耳中，無論是好是壞，也無論是讚譽還是詆毀。

〈解說〉

這時的悉達多與長久以來追隨他的喬文達已經不一樣了，喬文達熟悉了周遭的一切，彷彿這一切能夠讓他步入沉寂，歸於平靜。而對悉達多來說，在沙門學到的一切與塵世間的一切並沒有不同，反而，在塵世的修行似乎更快些。他大概和最初加入沙門時不一樣了，又或許依舊一樣。唯一不會改變的是他追求解脫的內心。

悉達多意識到，自己一直以來的齋戒、尋找都不過是逃避，而非涅槃、悟道的正途。他與喬文達此刻所做的，與所謂「賤民」選擇酒精並無差別，不過是方式不同。與其躲在沙門中，不如離開，步入凡塵。這是悉達多改變的起點，更是他找尋阿特曼的起點。

就如在一個瘟疫肆虐的國家，突然傳來消息，說有一位智者，一名博學之士，他的言語和氣息足以治癒每個飽受瘟疫折磨的人。這個消息迅速在大地上蔓延，人人都在談論，有人深信不疑，有人心存疑惑，也有人立刻上路，去追尋這位智者和救星。於是，這個關於喬達摩——這位釋迦族的佛陀的故事、傳說，傳遍了這片大地。據虔誠的信徒所言，他已獲得至高無上的智慧，記得自己的前世，並已抵達涅槃，擺脫了生死輪迴的束縛，不再沉淪於命運的混沌之河。關於他的傳說，充滿神奇，不可思議。傳說他曾創造奇跡，曾征服邪惡，曾與神明對話。而他的敵人和懷疑者卻有另一番說辭，稱喬達摩不過是個自負的誘騙者，終日沉溺於安逸，輕視祭祀，缺乏學識，對修行與自律一無所知。

佛陀的傳說如同蜜語般甘甜，這些故事彷彿散發著魔法般的芬芳。

〈解說〉

釋迦牟尼幼時受婆羅門教育，青年時開始沉浸於思考，思考生死、無常、因果等形而上的東西。與此同時，釋迦族面臨滅族之難，種種加之，讓他對婆羅門教極度不滿，便捨棄王族生活，禪定修道。

釋迦牟尼宣揚佛法時採取口授身傳的方式，都是講授教義，並沒有文字記錄。釋迦牟尼逝世後，弟子們擔心師父所傳的佛法和教義會隨時間的推移而散失，也為了避免其他異說滲入佛法，使佛法不再純粹，於是對他的言語進行整理，形成了如今我們所看到的佛教經典。

世界本充滿痛苦，生活本身也是一場艱難的試煉。然而，看啊，這裡似乎有一股清泉湧動，這裡似乎迴蕩著一聲呼喚，帶來慰藉，滿懷慈悲，承載著高尚的承諾。佛陀的傳說傳遍印度的每個角落，無論在哪裡，只要有關佛陀的傳言響起，青年便側耳傾聽，滿懷渴望與憧憬。在城鎮和鄉村，每一位朝聖者和旅人都會受到婆羅門子弟的誠摯歡迎，只要他帶來有關那位尊者——釋迦牟尼的消息。

這個傳說也傳到了林中沙門那裡，傳到了悉達多那裡，傳到了喬文達那裡，它們一點一滴慢慢滲入他們的心靈，每一滴都帶著希望，每一滴也都帶著懷疑。他們很少提及此事，因為沙門中的長者不喜歡這個傳聞。他聽聞，那個所謂的佛陀昔日曾是苦修者，隱居於林中，後來卻背離初衷，沉迷於世俗的欲望，因此，他對這個名叫喬達摩的人並無好感。

〈解說〉

這位世尊佛陀喬達摩所走之路，正是悉達多想要嘗試之路，很多人說此書中的悉達多正是喬達摩，或許也正因如此。

悉達多的林中苦修顯然並沒有達到目的，也最終無法讓人尋覓到空無與永恆。真正的修煉，需進入塵世，接受欲望的洗禮，在欲望之海中遠離欲望。或許也只有這樣，才可尋到那條悉達多真正想要去尋求的道中之道，真正做到無欲無求。悉達多本質上與世尊佛陀是一樣的，又或者說此刻他們的選擇相同。

「哦，悉達多，」有一日，喬文達對他的朋友說，「今日我去到一個村莊，一位婆羅門請我到他的宅院。在那裡，我遇見一位來自摩揭陀的婆羅門之子，他曾親眼見過佛陀，親耳聆聽過他的教義。說真的，那時我感到胸中氣息都帶著一絲痛楚，我心中默想：願我，願我和悉達多，都能親耳聆聽那位覺者口中傳出的教誨！朋友，你說，我們難道不應該也啟程前往，親耳聆聽佛陀親口傳授的教義嗎？」

悉達多回答說：「一直以來，哦，喬文達，我都以為你會歸於沙門的行列，我一直相信，那會是你追求的目標，活到六十歲、七十歲，不斷磨煉那些能夠彰顯沙門身分的技藝與修行。但你看，我對喬文達瞭解甚少，對他的心知之甚少。現在，我最親愛的朋友，你將邁向另一條道路，去聆聽佛陀的教義。」

〈解說〉

摩揭陀王國，中印度古國，是佛陀時代印度的四大古國之一，鼎盛於頻毗婆羅王和阿闍世王時期。因佛陀一生中的大部分時間都在摩揭陀度過，它也就成了印度重要的佛教聖地之一。玄奘取經途中曾路過此地。《大唐西域記》中有文字記載：「摩揭陀國，周五千餘里……崇重志學，尊敬佛法。伽藍五十餘所，僧徒萬有餘人，並多宗習大乘法教。」

喬文達說：「你依舊喜歡嘲諷。你儘管笑話我，悉達多！但在你心中，難道不也湧動著聆聽教義的渴望嗎？你不是曾向我表露，你不會長久追隨沙門的腳步嗎？」

這時，悉達多笑了，那笑聲帶著他獨有的韻味，聲音裡藏著淡淡的憂傷與輕微的嘲弄，他開口說道：「的確，喬文達，你說得很對，你記得沒錯。願你也記得我曾對你說過另一番話，我已經對教義和學識感到懷疑和疲憊，不再堅信導師們傳授給我們的教義。但好吧，親愛的，我願意去傾聽那人的教義──儘管我內心深處相信，我們已經嘗過了那些教義所能帶來的最美妙的果實。」

喬文達說：「你的決定令我感到歡喜。但請告訴我，這怎麼可能？在我們聽到喬達摩的教義之前，我們怎麼可能已經品嘗到它最美妙的果

〈解說〉

喬文達想要聆聽佛陀的講學，或許是在用某些方式留住悉達多。同時，他自己也想要尋求一條新的出路，而非僅僅停留在沙門之中做個苦行僧。悉達多同樣感受到喬達摩的召喚，這一召喚引領他離開沙門，尋求道義。也許正是因為看到喬達摩的經歷，悉達多更加堅定了自己離開沙門的決心。

實了？」

悉達多回答說：「讓我們先享受這果實，並繼續期待未來吧，哦，喬文達！如今我們已嘗到喬達摩給予的甜美果實，要感謝喬達摩，是他指引我們離開沙門！哦，朋友啊，不論他是否還有更多、更好的禮物賜予我們，讓我們心懷寧靜，耐心等待吧。」

當天，悉達多告知沙門長老他打算離去的決定。悉達多以弟子之禮，帶著敬意與謙卑，向沙門長老表明了這個意願。然而，那位沙門長老因兩位年輕弟子即將離去而心生憤怒，高聲斥責，大聲辱罵。

喬文達驚慌失措。悉達多輕輕湊近喬文達的耳邊，低聲說道：「現在，我要向那位長者證明，我在他那裡確實學到了東西。」

他站在那位沙門的近前，心神集中，用自己的目光捕捉老者的目光，讓他沉默，讓他無意識服從，使他屈服於自己的意志，命令他默默地做自己要求的事情。老者不再說話，眼神呆滯，意志癱瘓，雙臂無力地垂下。他徹底屈服於悉達多的魔力之下，他已經無能為力。悉達多的思想控制了這位沙門，讓他必須執行他命令的一切。於是，老者多次鞠躬，做出祝福的手勢，結結巴巴地說出一句虔誠的旅行祝願。兩位年輕人鞠躬致謝，回應了他的祝願，然後禮貌地告別、離開。

途中，喬文達開口道：「哦，悉達多，你在沙門那裡學到的，遠比我所瞭解的還要更多。要催眠一位沙門老者，實在是一件難事。我敢說，若你留下，不久便能學會如何在水面上行走。」

「我對行走於水面的技巧並無興趣，」悉達多說，「就讓那些沙門長者在這些技藝中尋找滿足感吧。」

第一部

> 婆羅門之子
> 沙門
> **喬達摩**
> 覺醒

在舍衛城中，每個孩童都知道世尊佛陀的名字，每家每戶都準備好迎接佛陀的弟子，為那些默默乞求的僧侶裝滿化緣的缽盂。喬達摩最喜愛坐落在城郊的靜修之地，那是一個名叫祇樹給孤獨園的地方。這片寧靜的林園由慷慨的商人給孤獨長者作為贈禮，奉獻給佛陀及其弟子，他是佛陀的虔誠信徒。

依據那些傳說與指引，兩位年輕的苦行者踏上了尋找佛陀足跡的旅程。他們抵達舍衛城，剛在第一戶人家門口停下乞食，便有人熱情地向他們提供食物。

他們接受了這份饋贈，悉達多向那位慷慨施齋的婦人詢問：

「仁慈的女施主，我們渴望知曉佛陀的下落。我們是來自林中的沙門，特地前來，希望能夠親眼見到那位成就圓滿的覺者，並親耳聆聽他

〈解說〉

舍衛城，古印度的佛教聖地，佛教中著名的祇樹給孤獨園（祇園精舍）所在地，相傳為釋迦牟尼居住傳法之處。舍衛城是憍薩羅國都城，在今印度北方邦北部、拉普底河南岸。

舍衛城曾經是商業中心和貿易聚集地，繁榮昌盛。高速發展的經濟也促進了此地宗教的發展。此地的富商給孤獨長者購買了一座太子花園，用來讓世尊駐留、講學。太子因此事感動，便將園中的林木佈施給釋迦牟尼。此園因此被稱為祇樹給孤獨園。

東晉名僧法顯曾造訪舍衛城，他在遊記中寫道：「從此南行八由延，到拘薩羅國舍衛城，城內人民稀曠，都有二百餘家，即波斯匿王所治城也。大愛道故精舍處，須達長者井壁……」等到唐代高僧玄奘路過此地時，這裡已經「都城荒頽」「伽藍數百，圮壞良多」了，失去了當年的風采。

的教義。」

那位婦人答道：「來自林中的沙門，你們確實來對了地方。要知道，世尊就在給孤獨長者所贈的林園——祇樹給孤獨園中。你們這些朝聖者可以在那裡過夜，因為那裡有足夠的空間，可以容納無數前來聆聽佛陀教義的人。」

喬文達欣喜萬分，滿心歡喜地喊道：「那麼，我們的目標已經實現，我們的旅程抵達了終點！但是，請告訴我們，朝聖者的母親，您是否曾有幸目睹那位佛陀的風采？」

那位婦人答道：「那位尊貴的佛陀，他的風采我已目睹無數次。我曾多次見他穿行於街巷，沉默而莊嚴，身著黃色僧袍，靜靜地在各家門前遞出缽盂，而後帶著盛滿食物的缽盂靜靜離開。」

喬文達聽得如癡如醉，渴望繼續提問，繼續聆聽。但悉達多提醒，他們還要繼續趕路。他們表達了謝意，然後前行。他們幾乎不需要問路，因為沿途有許多朝聖者和僧侶都在去往祇樹給孤獨園的路上。

他們在夜色降臨時抵達，那裡熱鬧非凡，不斷有人到來，尋求住宿的人來來往往，大聲呼喚與交談。這兩位習慣於林中生活的沙門，很快便找到一處安靜隱蔽的角落，在那裡安然休息至天明。

當晨曦初現，他們才驚訝地看到，居然有如此多的信徒與好奇者夜宿於此。在那輝煌林園的每條小徑上，僧侶們身著黃色僧袍悠然漫步。他們在綠蔭下，或靜坐沉思，或熱烈交談，這片陰涼的花園宛如一座城市，充滿了如蜜蜂般熙熙攘攘的人群。眾多僧侶紛紛手持缽盂進城，為一日中唯一的一頓餐飯即午餐乞食。即便是佛陀本人，那位證悟的覺者，也遵循著每日清晨外出乞食的修行。

悉達多看到了這位行者，即刻便知曉了他的身分，如同神明親自為他指引。他望見了佛陀，樸實謙遜，身著黃色僧袍，手托缽盂，靜靜地走在路上。

「瞧！」悉達多輕聲向喬文達示意，「那位便是佛陀。」

喬文達凝視著那位身著黃袍的僧侶，他似乎與周圍的數百名僧侶並無二致。但很快，喬文達也意識到他正是佛陀。他們悄然尾隨，注視著他的一舉一動。

佛陀行走時顯得謙遜，沉浸在自己的思緒中，他的臉龐靜若止水，既無喜色也無憂傷，似乎在心中默默生出微笑。佛陀面帶一抹不易察覺的微笑，寧靜而平和，宛如一個健康的孩童，他身著僧袍，腳步落地沉

〈解說〉

佛陀與其他所有信眾一樣，又與其他所有信眾不同。他慈祥、禪定、光明……他不涉足塵世，但又流露出一種彷彿經歷了世間一切的平靜與祥和。

似乎是神明的旨意，悉達多一眼便認出了喬達摩。世尊緩慢前行，無欲無求，這便是悉達多心中想要成為的樣子。他只是觀察，觀察著喬達摩的一切，觀察著來自佛陀的祥和、平靜與神聖，而非像其他追隨者一樣，追隨他的教義。悉達多敬重他、仰慕他，但絕不會追隨他。

穩，與眾多僧侶一樣，遵循著嚴格的戒律。然而，他那安詳的面容、從容的步伐、沉穩而平和的目光、自然垂下的手掌，乃至每個指尖都透露出平和與完滿。他不尋求、不模仿，在一種永恆的安寧中，在一種永不褪色的光芒中，在一種不可侵犯的平和中輕輕地呼吸。

喬達摩緩步走進城中乞食，而那兩位沙門僅從他那完美的寧靜、他那靜謐的姿態中便認出了他。在他身上，沒有追逐，沒有渴求，沒有模仿，沒有掙扎，唯有光明與平和。

「今天我們將親耳聽到他的教義。」喬文達說道。

悉達多沒有回應。他對教義並無太多好奇，他不相信這些教義對他來說會有何新意。因為他和喬文達一樣，早已在旁人二手或三手的反覆敘述中，對佛陀的教義耳熟能詳。然而，他的目光仔細地注視著喬達摩的頭頂、肩膀、雙腳和靜靜垂下的手，他覺得，這隻手上的每個關節都是教義，都在說話、在呼吸，散發著真理的香氣，閃耀著真理的光芒。這個人，這位佛陀，乃至手指的細微動作，都透露出真實。他整個人，就如神聖的化身。從未有一人，能如這位佛陀一般，令悉達多如此尊敬，也從未有一人，能讓他如此深愛。

他們跟隨佛陀直至城門口，隨後默默返回，因為他們決定在這日禁食。他們看到喬達摩歸來，見他在弟子的簇擁下和他們一同進餐。他所食甚少，若是鳥兒來食，恐怕也難以吃飽。接著，他們又看著他悄然退至芒果樹蔭的寧靜之中。

隨著夜幕降臨，日間的酷熱緩緩散去，園中生機勃勃，人們紛紛聚攏。在這時，他們得以聆聽佛陀的教義。他們聆聽著他的聲音，那聲音完美無瑕，充滿了深深的寧靜，洋溢著平和的氣息。喬達摩傳授著關於苦難的教義，講述了苦難的起源，並指引了一條脫離苦難的明路。

他的話語平靜而透徹。生活充滿苦難，世界充滿苦難，但脫離苦難的救贖已展現於世：遵循佛陀之道，便可脫離苦海。佛陀的聲音溫和、堅定，傳授四聖諦[1]，指引八正道[2]，耐心沿用傳統教法，例證、重複，傳授智慧。他的聲音在信眾耳邊迴蕩，清晰而平靜，宛若一束光芒，又似繁星點綴的夜空。

佛陀結束講道時，已經是深夜，一些虔誠的朝聖者走上前來，請求

1　又名四真諦或四諦法，包括苦諦、集諦、滅諦和道諦，是佛教的基本教義之一。

2　達到佛教最高境界的八種方法，即正見、正思維、正語、正業、正命、正精進、正念、正定。

〈解說〉

苦難，即佛教中論述的苦諦，苦諦是小乘教法基礎教義「四聖諦」中的一個教義。釋迦牟尼根據對現實的深刻理解，總結出人生有八大苦難，即生、老、病、死、愛別離、怨憎會、求不得、五陰熾盛。世間有情悉皆是苦，有漏皆苦，即所謂「苦諦」。

可以說，生命不斷變化，世事無常。世間萬物唯一不會改變的便是變化，從不存在一帆風順的歡愉，苦諦因此而生。

加入僧團，信奉他的教義。喬達摩接納了他們，並指引他們：「你們已聆聽了教義，教義得以宣揚。現在，來步入聖潔，終結所有苦難吧。」

瞧，就在那時，羞澀的喬文達也走上前去，說道：「我也願皈依世尊和他的教義。」他請求成為佛陀的弟子，並被接納。

隨後，佛陀去休息，喬文達轉向悉達多，急切地開口說道：「悉達多，我無意指責你。我們都聆聽了那位聖者的教誨。喬文達聽聞教義，已決心在這些智慧的指引下尋求庇護。而你，尊敬的朋友，難道你不願踏上那通往解脫的光明之路嗎？你還在猶豫，還在等待嗎？」

悉達多聽到喬文達的話，如夢初醒。他久久凝視喬文達的面龐。然後，他輕聲開口，聲音中沒有一絲嘲諷：「喬文達，我的朋友，現在你已邁出那一步，你已經選擇了你的路。哦，喬文達，你一直是我的朋友，

〈解說〉

喬文達聽完佛陀的教義，選擇了停留在這裡，追隨佛陀思想的指引。他本以為悉達多也會停留於此，與他一起追尋心中的阿特曼，但悉達多並不願如此。悉達多顯然已悟出部分自我的真諦，又或是得知該如何尋求真諦——步入塵世，在塵世中去尋找新的修行之道。

此刻，喬文達與悉達多的選擇第一次出現了偏差，喬文達不再是悉達多的影子。可能此刻，他是一個擁有獨立思想的個體，一個不必再追隨悉達多、擁有自我的人。雖然他現在仍然要追隨佛陀喬達摩，但這對他而言也是一種獨立、一種改變。他選擇了一條屬於自己的道路。他也在懼怕摯友的離開，懼怕一切的不確定與確定，但依舊選擇了堅持自己想要選擇的。可這一切又真的是心之所向嗎？沒有人能給出答案，更沒有人能夠知曉喬文達的選擇是否正確。但或許，人們會在心底默默讚許他的獨立和追求。

一直跟隨在我身後。我常想：是否有那麼一刻，喬文達能獨自踏出一步，不必跟隨我的影子，而是聽從自己靈魂的指引？看，現在你已經成長為一個男人，選擇了自己的道路。願你堅定追隨自己的選擇，親愛的朋友！願你得到解脫！」

喬文達心中尚存疑惑，語氣中帶著迫切再次追問：「請說吧，我懇求你，我親愛的朋友，告訴我，難道這不是唯一的道路嗎？即使是你，我博學的朋友，也會在世尊佛陀的庇護下尋得安寧！」

悉達多將手放在喬文達的肩上：「你忽略了我的祝福，哦，喬文達。我再重複一次：願你能堅定地走完這段旅程，願你得到解脫！」

就在這一刻，喬文達意識到，他的朋友就要離他而去，他哭了起來。

「悉達多！」他帶著哀傷呼喚著。

悉達多溫和地對他說道：「別忘了，喬文達，你現在已是佛陀的弟子了！你放棄了家鄉和父母，放棄了出身和財產，放棄了自己的意志，放棄了友誼。這是教義的要求，這是佛陀的意志，這也是你自己的心願。明天，哦，喬文達，我將離開你。」

兩位朋友在樹林中徘徊許久，然後躺在那裡，卻始終無法入睡。喬文達一次又一次地向他的朋友追問，希望他能告訴自己，他為何不願追隨喬達摩的腳步，他在這教義中發現了何種瑕疵。而悉達多總是回避他的追問：「放下執念吧，喬文達。佛陀的教義無疑極好，我怎能在其中尋出瑕疵呢？」

破曉時分，佛陀的一位弟子——一位最年長的僧人，穿過花園，召集那些初入佛門的求道者，為他們披上黃色僧袍，並開始教導他們作為修行者應遵循的基本教義和職責。在那一刻，喬文達掙脫了內心的糾結，再次緊緊擁抱了他年少時的摯友，然後加入了那些初入佛門的僧人行列。而悉達多則在樹林中徘徊，沉浸在自己的思緒之中。當他在路上遇到佛陀喬達摩，心中滿懷敬意地向他致意時，佛陀充滿慈悲與寧靜的目光賦予了這位青年勇氣，他懇求與世尊交談。世尊點頭，默許了他的請求。

悉達多說：「昨日，哦，世尊，我有幸聆聽了您超凡的教義。我和我的朋友從遠方趕來，只為親耳聽您宣法。如今，我的夥伴選擇留下，他已在您的門下找到歸宿。而我，將獨自繼續我的修行之旅。」

「隨你所願。」世尊謙和地說。

「我的話語可能有些狂妄，」悉達多繼續言道，「但我在離去之前，渴望以最真誠的心，向您坦露我的思緒。尊敬的世尊，您可否再賜我片刻，聆聽我的心聲？」

世尊點頭，默許了他的請求。

悉達多說：「哦，至高無上的世尊，在您的教義之中，有一事尤其令我讚歎不已。您教義中的一切都如此明朗，如此確鑿。您將世界呈現為一條完美無缺、從未間斷的因果之鏈。世間從未有如此透徹的洞察，也未曾有如此令人信服的論斷。每一位婆羅門，在您的教義中都見到一個連貫統一、無懈可擊的宇宙，如同晶瑩剔透的水晶，既不受偶然左右，也不依賴神明恩賜。不論世界是善是惡，不論生活是苦是樂，姑且置於一邊。這些或許並不重要，然而，世界的整體統一，一切事件的相互關聯，以及大小萬物同在一條因果之流、生滅法則之下。這一切都在您高深的教義中閃耀著光芒，哦，完美的尊者。然而，您教義中萬物的統一與有序卻被一道裂隙打破，正是通過這一細微的裂隙，一些陌生、新奇、以前不存在的東西，一些無法展示和證明的東西悄然湧入這統一的世界，這正是您所描述的超越世界束縛、實現靈魂救贖的教義。這一細小的缺口，這道微小的裂隙再次打破整個世界的永恆統一法則，使其失去效力。若我的異議讓您感到不快，請您寬恕。」

喬達摩耐心聽他說完，面無波瀾。隨後，這位完美之人用他慈愛、謙和而清晰的聲音開口說道：「你已聆聽了教義，哦，婆羅門之子，你能如此深思熟慮，實為難得。你發現了一個漏洞、一個缺陷。願你對此繼續深思。但請記得，追求智慧的人，要警惕那些紛繁複雜的觀點和因言辭而起的爭執。觀點本身並無固貌，它們或華麗或醜陋，或明智或愚蠢，人人皆可選擇追隨或拒絕。然而，你從我處所聞之教義，並非我一人之見，亦不旨在為渴求知識者闡釋世界。它的追求不同，它所嚮往的是超脫世間的苦難。這便是喬達摩的教義，僅此而已。」

「尊敬的世尊，願您寬恕我的冒昧，」年輕人說道，「我與您交談，並非出於爭辯之心，亦不為糾纏於字句之爭。您所言極是，觀點之爭不過浮雲。請允許我再表一言：我對您未曾有過片刻懷疑。我從未有過一刻懷疑，您便是佛陀，已抵達至高境界，那是無數婆羅門與婆羅門之子所嚮往的終極之境。您已經找到超脫生死的解脫之道。這是您在個人修行探索中，通過深思熟慮，通過冥想修行，通過領悟真理，通過覺醒徹悟獲得的，而非來自教義！哦，世尊佛陀，這便是我的想法——無人能夠僅憑學習教義便獲得解脫。哦，世尊佛陀，您無法用言語和教義來傳達和表述您在覺悟時刻所經歷的一切！佛陀的教義包含許多，它教導我們如何正直地生活，如何避免邪惡。然而，即便是如此清晰而崇高的教義也無法揭示一個深藏的祕密：那就是佛陀自己所經歷的奧祕，那是他在眾生之中獨有、無法言傳的奧祕。這正是我聆聽那些教義時的所思所感。這正是引領我繼續踏上旅途的原因——不是為了尋找另一種更好的教義，因為我知曉，再無其他更高深的教義，我這樣做是為了拋棄所有的教義和老師，獨自邁向我的目標，不論是抵達還是消亡。然而，我將常常懷念這一日，哦，世尊佛陀，這個我的雙眼得以凝視聖者的時刻。」

佛陀的目光平和地垂向大地，他神祕莫測的臉龐上散發著寧靜之光。

「願你思緒清澈如許，不迷不失，」世尊緩緩說道，「願你步履堅定向前，抵達目標！但請告訴我，你是否見過我的沙門弟子們，那眾多皈依於教義的兄弟？而你，陌生的沙門，你真的認為對他們來說，放棄教義，重返塵世的欲望，會更好嗎？」

「我絕無這樣的念頭。」悉達多高聲說道。

「願他們所有人都能堅守教義，願他們達到目標！我無權評判他人的生活。只有面對自己，僅為我自己，我必須做出決斷，必須有所取捨。我們沙門尋求的是從自我中解脫，哦，世尊。若我現在成為您的門徒，恐怕會陷入這樣的境地，我的自我似乎得到了安撫，看似得到了解脫，但這不過是幻象，是欺騙。但實際上它會繼續生長，會變得更強，因為我將教義、我的後來者、我對您的愛，以及對僧侶團體的歸屬感都融入了我的『我』中！」

喬達摩微微一笑，眼中閃爍著堅定而溫和的光芒，他凝視著這位陌生人，並用幾乎察覺不到的手勢輕輕向他告別。

「你很聰明，哦，沙門，」那位世尊說道，「你的言辭充滿睿智，我的朋友。但要小心，不要聰明反被聰明誤！」

佛陀緩步離去，而他那穿透人心的目光與那抹淡淡的微笑永遠烙印在悉達多的記憶之中。他心中暗想：「我還從未見過一人的目光與微笑、坐姿與行走能如此自由、莊嚴、隱祕、坦誠、純真而神祕。哦，我多麼渴望也能如此去凝視、去微笑、去安坐、去行走。只有那些深入自我內心的人，才能以透徹的目光凝望，以從容的步伐行走。是的，我也將努力探索自我的深處。」

「我見到了一位偉人，」悉達多心想，「他是唯一的一人，讓我情

〈解說〉

離開祇園前，悉達多與佛陀喬達摩聊了許久，這是他心中的佛陀，更是所有人心中的佛陀。

喬達摩的法義是拔濟苦難、超脫苦難、普度眾生，是救贖。但對悉達多來說，他已不再需要這些法義，真正的苦難是會永遠存在的。他深知喬達摩的超脫與法義無關，如今促成佛陀真正超脫的只有那些緘口不談的經歷和找尋。

曾經的喬達摩與現在的悉達多一樣，都在默默找尋著自己的阿特曼。他們不被任何東西禁錮，不被任何事物阻擋。

佛陀的話也在冥冥之中給了悉達多一個答案，他似乎找尋到了一條新的超脫之路——回歸世俗。這一點悉達多也曾想過，但或許在見到世尊之前，他是迷茫的，是在尋找吧。世尊帶走了悉達多所珍視的，比如他的影子——喬文達，比如他的心，但同時也饋贈了他自我——悉達多。

願俯首。我不會再向其他人俯首。再沒有任何教義能誘惑我，因為那位偉人所傳授的教義也未讓我心動。」

悉達多心中又想：「佛陀奪走了我的所有，他雖然奪走了我的一切，但慷慨地給予了我更多。他從我身邊奪走了我的朋友——那個曾對我深信不疑，現在卻將信任轉向他的人。那個曾與我如影隨形的人，現在卻成了喬達摩的影子。但他給予我的是悉達多——我的自我。」

第一部

> 婆羅門之子
> 沙門
> 喬達摩
> **覺醒**

當悉達多離開祇園——那位圓滿者佛陀駐留的地方，那個喬文達選擇留下的地方，他感到自己過往的生活彷彿也被留在了那裡，與他漸行漸遠。這種感覺充滿他整個人，他一邊緩緩前行，一邊沉思。他深深思索，沉浸在這股感受之中，如同潛至情緒深淵的底端，探索這感受的根源所在。對他而言，洞悉事物的起因即是思考的真諦。唯有透過這番探索，感覺才能轉化為深刻的認識，不再流失於無形，而是凝聚為知識的精華，開始散發它們內在的光芒。

悉達多沉思著緩步前行。他意識到，自己已經不再是少年，而是一個成熟男人。他發現，某樣東西已如同蛇蛻掉舊皮一般離他而去，那樣東西曾在整個青春歲月與他相伴，是他的一部分，那便是對師長的指引和傾聽教誨的渴望。

〈解說〉

悉達多離開了祇園，離開了喬文達停留之地，踏上了真正的修行之路。他不再尋求任何外界的教義，不再奢求獲得一位得道高人的幫助。他的最後一位恩師是喬達摩，但也不能不離開他。此刻的悉達多已無法被任何教義折服，能夠折服和拯救他的唯有他自己。

他旅途中的最後一位導師，那位至高無上、智慧深邃的佛陀，終究也未能留住他。他必須告別佛陀，他無法繼續追隨其教誨。

這位思考者緩緩前行，不禁自問：「你曾渴望從教義與老師那裡學到什麼？他們已經教授你許多東西，還有什麼是他們未能教授的？」然後，他找到了答案：「我尋求的，是自我的意義與本質。我曾經嘗試想要擺脫、超越那個『我』。然而，我無法真正超越它，只能欺騙自己，只能不斷逃避，躲藏於它的視線之外。確實，世間萬物，無一能如這個『我』一般占據我所有的思緒。是『我』這個謎題，讓我存在，讓我是一個獨立的個體，獨立於他人，我是悉達多！在這個世上，我知之最少的便是我的自我，便是悉達多。」

他被這種思緒緊緊纏繞，在沉思中停下腳步。隨即，從這思緒中又

〈解說〉

悉達多意識到自己一直所走之路似乎是錯路，他所追隨的梵天與阿特曼都不過是虛妄，是一條自以為正確的道路，是自以為能夠尋得道中之道的路。可這一切，都是來自自我的逃避與恐懼，而非追尋。當他意識到這一點時，萬物都變得溫柔了，這或許是此刻撥雲睹日的饋贈。此刻的他不再是少年，而是一個成熟的男性，一個奔赴塵世的男性。

跳出一個新的啟示：「我對自己一無所知，對悉達多這個名字如此陌生而模糊，皆出於一個原因，一個唯一的原因——我害怕面對自己，我在逃避自己。我曾追尋阿特曼，追尋梵的奧祕，我願將自我拆解，深入靈魂的最深處，探尋那層層表象之下的真理之核，發現阿特曼，發現生命，發現神性，發現最終的真諦。可在這場追尋中，我卻迷失了自己。」

悉達多睜開雙眼，環顧四周，一抹微笑在他的臉上綻放，一種從長夢中醒來的感覺傳遍他全身，直至腳尖。隨即，他再次奔跑起來，迅疾如風，宛如一個已明晰自己使命的人。

「哦，」他深吸一口氣，心中想道，「現在，我不會再讓悉達多從我身邊溜走！我不願再從阿特曼和世間的苦難開始我的思考與生活。我不願再在自我毀滅與肢解中，去追尋那些隱藏在破碎之後的祕密。無論

〈解說〉

《瑜伽吠陀》是瑜伽哲學的基礎源泉。

《阿達婆吠陀》是吠陀本集之一。阿達婆可能是吠陀對將其教義整理而成的僧人的稱呼，後來直接以此來命名。這部吠陀是咒詞集成之作，涵蓋咒術、算術、伎數、醫術、禁咒、異能等多項內容。

《瑜伽吠陀》還是《阿達婆吠陀》，我都不再修習，不再聽從苦行僧或是任何教義的教誨。我要以自己為師，成為自己的學生，我要認識自己，去領悟悉達多的奧祕。」

他環顧四周，彷彿初次領略這個世界。世界如此美麗，如此多姿多彩，如此奇妙而神祕。這裡有蔚藍，有金黃，有翠綠，天空延伸無垠，河水流淌不息，森林蒼翠，群山挺立，一切如此美麗，如此神祕而奇妙。而在這一切的中心，他，悉達多，這位覺醒者，正踏上通往自我的道路。這一切，所有的黃色與藍色、河流與森林，首次真正地映入悉達多的眼簾，不再是魔羅的魔法，不再是摩耶的面紗，不再是紛繁複雜、被追求純粹統一的婆羅門所不屑的世界。

藍即是藍，河即是河。在悉達多的眼中，如果唯一的神聖本質隱

〈解說〉

魔羅，佛教神話傳說中的惡魔，是一切苦難的源頭，象徵著誘惑、欲望與邪惡。傳說釋迦牟尼在菩提樹下苦修時，魔羅不斷地攻擊、誘惑他，他都不為所動，似高山屹立於世間巋然不動。

「摩耶」這個詞早在《奧義書》中已經出現，經過吠檀多哲學家闡發後，大致表達世界是梵通過幻力創造出來的，因而只是一種幻象。後來摩耶也成為虛幻女神的名字。這個詞與「幻相、幻象、假象」等表達不真實含義的詞密切相關。

藏在藍色和河流之中，那這正是神性的特點和意義——它在這裡的黃色中，那裡的藍色中，那邊的天空中、森林中，在悉達多中。意義與本質並非隱藏在事物背後，而是存在於事物當中，滲透於萬物之中。

「我曾何等盲目與遲鈍！」這位匆匆行走的人在心中感歎，「當一個人追尋文字背後的意義時，不會輕視那些符號和文字，將其視為虛幻、偶然且毫無價值的表象。相反，他會閱讀，會研究，會珍視每一筆、每一字。但我，這個渴望閱讀世界之書和自我本質之書的人，出於一種預先設想的輕率，輕視了那些符號和文字，將表象的世界稱為幻象，將我的所見所言視為偶然而無足輕重之物。不，過去不復存在，我已甦醒，真正覺醒，今日才是我真正誕生之日。」

悉達多在心中沉思，突然之間，他再次止步，彷彿他的前方橫臥著一條巨蛇。他恍然大悟，他，這個真正的覺醒者或新生者，必須重新開始自己的生命，徹底地從頭再來。在這個清晨，當他離開祇樹給孤獨園，離開世尊佛陀的庇護所時，他已覺醒，已踏上尋找自我的旅途。那一刻，他的心中自然湧起了一個念頭，經過多年苦修，是時候回到故鄉，回到父親身邊了。然而就在那一瞬，他戛然止步，彷彿被一條巨蛇擋住了去路，一股清明的覺悟湧現：「我已非昨日之我，不再是苦行僧，不再是祭司，也不再是婆羅門。重返故里，在父親身旁，我將做些什麼？研習？獻祭？修習？冥想？這一切都已成過往，不再屬於我的旅途。」

悉達多佇立不動，在那一瞬間，他感受到無邊的孤寂。他感覺到自己的心臟宛如一隻小獸，一隻小鳥或一隻小兔，一陣冰冷在他胸中蔓延。多年來，他漂泊於世間，卻未曾察覺到孤獨。而如今，他深切感受到這份孤獨。從前，即便在最深遠的冥想沉思中，他始終是父親的兒子，出身婆羅門，身分高貴，博學智慧。如今，他只是悉達多，一位覺醒者，再無其他。他深吸一口氣，一瞬間感到心裡一陣寒意，戰慄不已。世上無人如他這般孤獨。在這世上，貴族與同族相聚，工匠與同道結伴，尋得歸宿，找到庇護，過他們的生活，說他們的語言。婆羅門與他的族群同在，共同生活；苦行者在沙門中找到歸宿；即便是林中最孤獨的隱士，也非孑然一身，也有他的歸屬，也屬於一個群體，那裡便是他的家園。喬文達已成為一名僧侶，成千上萬的僧侶都是他的弟兄，他們身著相同的僧袍，堅守相同的信仰，說著相同的語言。但是他，悉達多，他屬於哪裡？他將過著誰的生活？他將說誰的語言？

在這一刻，世界在他周圍消散，只留他一人孤單佇立，宛如空中的

〈解說〉

頓悟後的悉達多彷彿第一次領略世界，也第一次感受到孤獨，感受到屬於自我的感受並嘗試接納它。他不再是婆羅門之子，不再是沙門僧侶，更不再是什麼教義的信眾，他僅僅是他自己，是悉達多。

此刻的悉達多不知自己要去何方，不知自己到底歸於何處，只是行走於世間的普通人。他要去試探，去邁步，去找尋屬於自己的真正的意義。

一顆孤星。在這一刻的寒冷與絕望中，悉達多奮力躍起，他的自我比以往任何時候都更加堅定。他領悟到，這便是覺醒之路上的最後一次戰慄，生命誕生的最終掙扎。隨即，他重新踏上旅途，步履匆匆，不再追尋家的溫馨，不再尋求父親的指引，不再走回曾經的道路。

第二部

- **迦摩羅**
- 塵世啟蒙
- 輪迴
- 在河畔
- 船夫
- 兒子
- 唵
- 喬文達

悉達多在旅途中的每一步都學到了新知，周遭的世界彷彿煥然一新，他的心被深深吸引。他在晨曦中見證太陽從密林群山中升起，又在遙遠的棕櫚沙灘上漸漸沉落。在夜幕中，他仰望天空，星辰密布，一彎新月宛如空中的一葉小舟。他看到樹木、星辰、動物、雲彩、彩虹、岩石、藥草、花朵、小溪和江河；他看到晨光中樹叢間的露珠，遠處淡青色的高山；他聽到鳥兒和蜜蜂在歌唱，風在田間吹拂，發出銀鈴般的聲響。這一切，千姿百態，色彩斑斕，一直存在。太陽和月亮始終照耀大地，河流始終潺潺流淌，蜜蜂始終嗡嗡飛舞。但在過去，這一切對悉達多而言只是短暫而虛無的幻象，他以懷疑的眼光看待這一切，註定要被思想所洞悉、摧毀。因為它們並非本質，因為真正的本質超越了可見之物。此刻，他的眼睛已得解放，注視著當下，洞悉了世間萬象，追尋著自己在這個世界的歸宿，他不再迷戀本質，不再將目光投向遠方。這樣

〈解說〉

此刻的悉達多真切地感受到來自世間的聲音，來自萬物的聲音，抑或來自天地間的那一抹餘香。他不再為人生的意義或阿特曼煩擾，而是感受來自風、雨、山海的衝擊。他真正理解了真諦——見山是山，見水是水；見山不是山，見水也不再是水——皆是見自己的一種表現。他正在追尋自我的道路上緩緩邁進，也即將走向下一個路口。

悉達多意識到曾經追尋阿特曼的自己究竟有多麻木、多遲鈍，多不值得。原本一切並非虛妄，阿特曼近在眼前，盡在事物之中，觸手可及。

欣賞世界，毫不費力，如此純真，如此簡單，世界如此美麗。月亮與星辰，溪流與河岸，森林與岩石，山羊與金龜子，花朵與蝴蝶，一切皆美麗。如此漫步於世間，多麼美好迷人，多麼純真，多麼清醒，毫無疑慮，心懷喜悅。頭頂燃燒的烈日，林中樹蔭的清涼，溪水與泉水的甘甜，南瓜與香蕉的香氣，一切都與從前不同。白晝匆匆，夜晚短暫，每個時刻都如海上帆船般迅速駛過，船上滿載寶藏，滿是喜悅。悉達多看到一群猿猴於林間樹頂穿行，發出野性而貪婪的叫聲。悉達多看到一隻公羊追逐一隻母羊並與之交配。在蘆葦湖中，他看到飢餓的梭子魚在傍晚時分追逐捕獵，在他面前，年幼的魚群驚恐地躍出水面，閃爍著光芒。而那迅猛的獵食者則激起一陣巨大的漩渦。這一切一直都在，但他並未看見，未曾體驗。如今，他身臨其境，融入其中。光與影自他眼前掠過，星與月在他心中閃耀。

在途中，悉達多也想起他在祇樹給孤獨園中經歷的一切，在那裡，他聆聽了佛陀的教義，與喬文達告別，與世尊交談；他追憶起與佛陀的對話，每一個字他都記得，他不禁驚訝於自己當時所言似乎已超出他那時的理解，他曾向喬達摩說的一切，諸如佛陀的寶藏與祕密並非藏於教義之中，而在於其覺悟之際體悟到的無法言說和無法傳授之境界。如今，他所追求、所開始經歷的奧祕，便正是這境界。此時，他需要親自領悟自我。固然，他早已知曉，他的自我即阿特曼，與梵同源，本質永恆。然而，他從未真正尋得自我，只因他試圖用思想的羅網來捕捉自我。身體並非自我，思想的遊戲並非自我，思考並非自我，智力、智慧並非自我，從已有的思想中得出新思想的技藝亦非自我。

不，這樣的思維境界仍停留在塵世之中，若只是消除感官的偶然自我，卻放縱思想與學識的偶然自我，同樣徒勞無益。思想與感官同樣迷人，背後都隱藏著最終的意義，需傾聽二者，與之同樂，既不輕視也不高估，從中聆聽內心深處的隱祕之音。他只想順從內心之聲，停留於內心所指。為何喬達摩曾在那開悟的偉大時刻靜坐於菩提樹下？他曾聽到內心之聲，指示其在此樹下休憩。於是，他既不苦行、祭祀、沐浴或禱告，亦不進食、飲水、睡眠或幻夢，唯有聽從內心的呼喚。人唯有聽從內心的呼喚而非服從外在的命令才是善的，唯有等待這內心的呼喚才是必須的。

這晚，悉達多在河畔一個船夫的簡陋茅屋中入睡，他做了一個夢：喬文達站在他面前，身著黃色僧袍。喬文達眼中泛著哀愁，他悲傷地問道：「為何你要離我而去？」他擁抱了喬文達，雙臂環繞，將他拉近自

〈解說〉

悉達多此刻似是悟到了一切，悟到了近乎所有真理，但這些還不夠。他僅僅是感知到塵世，感知到萬物。悉達多深知自己找尋阿特曼之路不再是一朝一夕之事。在祇樹給孤獨園中，他與佛陀所交談的也正是他未曾感受的一切，未曾知道的塵世與萬物、經歷與頓悟。

阿特曼是無法抓住的，似流沙，似河水，似雲霧。它永恆存在，亙古不變。試圖抓住它終究不過是徒勞，一切都不是阿特曼，一切又皆是阿特曼。它包含一切，而這一切，都歸結於內心的指引，正如世尊證道之際坐在菩提樹下，都是心之所向，心之召喚。

己的胸膛，親吻他，而這時，那不再是喬文達，而是一個女人，女人的衣襟下袒露出一對豐滿的乳房，悉達多便依偎在那裡，吮吸著，那乳汁甘甜而濃郁。那滋味蘊含了男人與女人的氣息，陽光與森林的清新，動物與花朵的自然；蘊含每一種果實的甘甜，每一種歡愉的滋味。這種滋味令人心醉神迷。當悉達多從夢中醒來，透過茅屋的門，他望見那條蒼白的河流在晨曦中泛著微光，森林中傳來貓頭鷹深沉而悅耳的啼鳴。晨曦初現，悉達多請求船夫渡他過河。船夫用竹筏渡他過河，晨光之中，寬闊的河面閃爍著微紅的光芒。

「這是一條美麗的河。」悉達多對船夫說道。

「確實如此，」船夫應聲道，「一條十分美麗的河，我對它更是情有獨鍾，超越萬物。我常靜聽它流淌，常凝視它的眼眸，總能從中汲取

〈解說〉

此時的悉達多感受到感官帶來的最原始的感覺和最真切的欲望。他在船夫的幫助下渡河進入凡世，回歸凡人。他開始了新的探索體悟之苦，感凡人之所感，行凡人之所為；他釋放原始的欲望，最終也通過感受凡人的生活，通過這樣的經歷，從另一個角度探尋心中的阿特曼。

智慧。我們確實能向一條河學到很多東西。」

悉達多登上河岸，向船夫致謝道：「感謝你，善良的人。我無物可贈，親愛的人，也無報酬可送。我是一個無家可歸之人，一個婆羅門之子，一個沙門。」

「我已看出，」船夫說道，「我並未期待你給我報酬，也不需要什麼禮物。你會在另一時刻給我回報。」

「你相信嗎？」悉達多好奇地問道。

「確信無疑。這也是我從河流中領悟到的：一切皆會重返！你也同樣，沙門，還會再次歸來。願平安，珍重！願我們間的情誼成為我的報酬，願你向神明獻祭時，能想到我。」

〈解說〉

船夫向河水學習著無數東西，但這些東西具體是什麼，此刻並沒有明說。可能船夫的存在，會是個伏筆，也可能船夫會是引領悉達多走向真正佛陀之路的又一盞指路明燈，但這一切在此刻都還是未知的。

他們微笑著道別。悉達多為船夫的友誼和善意感到欣喜。「他就像是喬文達，」他微笑著心想，「我在途中遇到的每一個人，彷彿都是喬文達的化身。他們心懷感激，哪怕他們才是施恩之人。他們謙遜有禮，為人友善，樂於遵從，沒有過多思慮。他們如孩童般純真。」

正午時分，他經過一個村落。孩童在泥屋前的路上嬉戲，玩耍南瓜子和貝殼，他們嬉笑打鬧，但在見到這位陌生的沙門時，卻紛紛羞怯地躲開。村落盡頭，小徑旁溪流潺潺，一位年輕婦人正跪在溪邊洗衣裳。悉達多向她問好，她抬起頭來，嫣然一笑，目光與他相迎，眼中閃爍著光芒。他依照旅人慣常的習俗，向她送去祝福，並向她詢問前往那座大城的路途還有多遠。她輕盈起身，向他靠近，年輕的面龐上，濕潤的唇瓣帶著水光。她與他談笑，詢問他是否已用餐，又好奇地探聽，沙門是

〈解說〉

當真正的愛欲清晰可見地袒露到眼前時，悉達多遲疑了，停下了。此刻的他或許還不能真正面對如此明晰的渴望與愛欲，他再次選擇了逃離。那麼這一刻，他真的懂得並理解何為阿特曼了嗎？而他，也正在期待著遠方的自我，那個在凡塵中也能悟到真諦的自我。

否真如傳言所說，夜晚獨宿林中，不得有女伴相隨。她輕輕地將左腳搭在他的右腳上面，做出女人邀請男人共用愛欲歡愉的姿態，那是經書中被稱作「攀樹」的愛的儀式。悉達多感到體內熱血沸騰，此時他的夢境再次湧現，他微微俯身，以唇輕吻那女子胸前的褐色乳尖。他抬頭望去，只見她雙眼微閉，臉上的笑容流露出欲望，微瞇的雙眼中帶著渴求。

悉達多也感受到內心的嚮往，性的渴望之源開始在他體內湧動。但因為他從未觸碰過女人，儘管他已經準備好向她伸出雙手，還是猶豫了片刻。在這一瞬間，他聽到內心的聲音，那聲音說「不」。那年輕婦人的笑容頓時不再迷人，他眼中只剩一隻欲望滿溢的雌獸熾熱的眼神。他和善地輕撫她的臉頰，轉身離去，快步走進竹林，消失在她失望的目光之中。

日落之前，他抵達大城，心中充滿喜悅，因為他渴望和人群待在一起。他在林中漂泊已久，那晚借宿船夫的茅屋，是他記憶中久違的有屋簷住處。

來到城郊，這位旅者在一處籬笆環繞的美麗林園旁遇到一隊僕役，他們提著沉甸甸的籃子，裡面盛滿物品。四名壯漢抬著一頂裝飾精美華麗，頂覆斑斕華蓋的轎子。一名女子安坐於正中的紅色軟墊之上，她便是這片林園的女主人。悉達多在林園門前停下腳步，看著那一行人緩緩經過，僕從、侍女、籃子，然後，他的視線落在轎子上，注視著坐在其中的那位女子。在高聳的烏黑髮髻之下，他看到一張明亮、柔和、充滿智慧的臉龐，唇色如初熟的無花果般鮮豔，精心修飾的眉毛如高掛的彎月，雙眸深邃而明亮，透露著睿智與敏銳，修長的頸項在綠色與金色的衣裳中透露出光澤，雙手白皙、纖細而修長，腕上戴著寬大的金鐲。

悉達多見到她的美貌，內心泛起喜悅的漣漪。當轎子緩緩行至近前，他深深鞠了一躬，隨後挺直身軀，再次望向那明亮而柔和的臉龐，朝她那聰慧、微微上揚的眼眸看了片刻。呼吸間，他感受到一股未曾相識的芬芳。美麗的女子頷首微笑，隨即她的身影便隱沒在林間，那些僕人也不見了蹤影。

悉達多心中暗想：「我宛如跟隨著一個美好的徵兆踏入這座城市。」他被那片林蔭吸引，想要立刻前往，但他的腳步突然變得遲疑。他這才意識到，剛剛在門口，那些僕從和侍女如何以輕蔑、懷疑、排斥的眼神打量自己。

他想道：「我仍然是個沙門，一個苦行僧和乞食者。我不能繼續這

〈解說〉

毗濕奴是印度教三相神之一。三相神指梵天、濕婆和毗濕奴，其中梵天主「生」（創造），濕婆主「滅」（毀滅），毗濕奴主「住」（護持）。毗濕奴雖然是主神，但其在吠陀頌歌中所占的地位並不顯著，相反，在史詩和往世書中占據了重要地位。有神話認為毗濕奴最初是太陽神，常常化身為各種形象，拯救世界於危難之中。他可以說是印度教地位最高的神之一，掌管著維護宇宙的權力。

拉克希米女神，即吉祥天女。她是毗濕奴的妻子，掌管幸福和財富。她變化形象伴隨毗濕奴下凡。她的形象多為面帶慈祥微笑的美女。

樣，也不能以這樣的身分踏入那片林園。」他笑了起來。他向一位過路行人打聽那片林子和那名女子的名字，得知那正是名妓迦摩羅的居所，而她在這座城中還擁有另一處住所。隨後，他踏入這座城市，心中已定下目標。隨著目標的召喚，他讓自己融入城市的喧囂，時而穿過人來人往的小巷，時而在廣場上駐足沉思，時而在河畔的石階上休憩。傍晚時分，他與一個剃頭匠學徒交上了朋友，他先是看到學徒在一座拱廊的陰影下勞作，又與他在毗濕奴神廟中相逢。他向這位青年講述了關於毗濕奴與拉克希米的種種傳說。他在河邊的小船上睡了一夜，清晨，店鋪尚未開門迎客，他便讓那個學徒為他剃去鬍鬚，修剪頭髮，梳理妥當，塗上上等髮油。隨後，他去河中沐浴清洗。

臨近傍晚，當美麗的迦摩羅乘坐轎子靠近她的林園，悉達多已在門前守候，他鞠躬致敬，並接受了迦摩羅的問候。他對走在隊伍末尾的僕人輕輕揮手，請求他轉告女主人，一個年輕的婆羅門欲求一見。片刻之後，僕人返回，示意他跟隨其後，兩人默不作聲，來到一處幽靜的亭閣。迦摩羅正倚在榻上休憩，他被留下與她獨處。

「你不就是昨天站在外面向我問候致意的人嗎？」迦摩羅問。

「的確，我昨天確實見過你，並向你問候致意。」

「可那時你不還蓄著鬍鬚，頭髮蓬亂，髮絲間滿是塵土嗎？」

「你觀察入微，一切盡收眼底。你見到的是悉達多，是一個背井離鄉成為沙門的婆羅門之子，作為沙門已經度過了三年時光。如今，我已放棄了那條路，來到這座城市，而我踏入城門之前遇到的第一個人，便是你，迦摩羅。我來找你，就是為了告訴你，迦摩羅，你是第一個讓悉達多不再低垂雙眼與之對話的女子！從今往後，我若遇到美麗女子，也不會再垂下我的眼眸。」

迦摩羅嘴角含笑，輕搖手中的孔雀羽扇，問道：「難道悉達多前來，就為告訴我這些？」

「不只是這些，我還要感謝你的美麗。」悉達多回答，「若不介意，迦摩羅，我懇請與你為友，尊你為師，因為在你精通的藝術上，我尚一無所知。」

迦摩羅笑得歡快。

「親愛的朋友，從未有沙門從林間來我這兒，希望向我求教！從未有蓄著長髮、身披破舊裹布的沙門來我這裡！常有青年慕名而來，其中不乏婆羅門子弟，可他們都身著錦繡，鞋履精緻，髮間飄香，懷揣金銀。

沙門啊，這便是前來向我學習的青年的模樣。」

悉達多說道：「我已開始向你學習，昨日便已經開始了。我已經剃去鬍鬚，梳理了髮絲，塗抹了髮油。絕美的女子，我所欠缺的，不過是些微之物——華美的衣裳、精緻的鞋履、囊中的錢幣。你要知道，悉達多曾立志追求比這些瑣事更為艱鉅之事，他也已經達成。而我又怎會無法實現昨日之願，與你為友，向你學習愛的歡愉？你會看到，我將是個勤勉的學生，因為我曾經學過比你將要教授的更為深奧的課題。那麼，告訴我，悉達多以如今的模樣，頭上抹著髮油，只是無衣無鞋，身無分文，這樣不夠嗎？」

迦摩羅輕笑著回答：「不，親愛的，還不夠。你需要有漂亮的衣服，精美的鞋子，口袋裡要裝滿金錢，還要給迦摩羅帶來禮物。現在你可明白，林中的沙門？記住了嗎？」

「我已牢記在心。」悉達多朗聲回答，「我怎能不牢記從你這般美人的口中所出之言！你的嘴唇宛如初綻的無花果，迦摩羅。我的唇同樣紅潤飽滿，定能與你相得益彰，你定會看到。但請告訴我，美麗的迦摩羅，你難道對一個渴望向你學習愛之術的林中沙門沒有絲毫畏懼嗎？」

「為何我要對一個林中沙門心生畏懼？他不過是一隻不懂世事的林間野獸，對女人的本質尚一無所知。」

「哦，但這個沙門，他力量強大，他不知何為恐懼。他或許會強迫你，美麗的姑娘。他或許會掠奪你，給你帶來痛苦。」

「不，沙門，我並不害怕。難道一個沙門或婆羅門會害怕有人來到他們面前，奪走他的學識、信仰和深邃的智慧嗎？不會，因為這些都是他內在的一部分，他只會給予他願意給予的人。迦摩羅和愛的歡愉也是如此。她的嘴唇紅潤迷人，但如果你試圖違背她的意願，強奪她的吻，你將無法嘗到她唇間的甘露，因為她懂得如何將甜蜜贈予他人。你很好學，悉達多，那也請領會這個道理：愛可以乞求得來，可以購買，可以作為禮物獲得，甚至可以在街頭巷尾意外發現，但它絕對無法強奪。你選了一條錯誤的道路。你走錯了方向。不，如果如你這般英俊的青年打算用錯誤的方式去追求愛，那實在遺憾。」

悉達多微笑著鞠了一躬。「確實遺憾，迦摩羅，你說得極對！實在遺憾。不，我不願錯過你唇間的任何一滴甜蜜，你也一樣！那我們便這樣約定：悉達多會帶著他缺少的東西——衣服、鞋子、金錢——再次回到這裡。但告訴我，親愛的迦摩羅，你是否能再給我一些小小的指點？」

「一些指點？有何不可？誰不樂意向一個從林中而來、對世事一無所知的沙門伸出援手？」

「親愛的迦摩羅，請你給我指點，我該如何尋找，才能最快找到那三樣東西？」

「朋友，很多人都渴望知道這個答案。你必須去做你已經會的事情，以此來換取金錢、衣物和鞋子。否則，一個窮人怎能獲得財富？你會做些什麼？」

「我會思考，我會等待，我會禁食。」

「沒有其他嗎？」

「沒有。不，我還會寫詩。你願意為我的詩贈我一吻嗎？」

〈解說〉

在和迦摩羅的塵世之交中，悉達多之前所擅長的思考、等待、禁食，遠沒有現實中的東西那樣具有吸引力，比如詩歌的讚美、更多華服和金錢、肉體的欲望……悉達多和迦摩羅在凡世的欲望基礎上，實現了一種和諧。從這個角度來說，迦摩羅是他的一位「現實」老師，在尋找內心阿特曼的道路上，給了他關於凡世的指點。

「如果你的詩能打動我的心，我便會如你所願。那是首什麼樣的詩呢？」

悉達多沉思片刻，吟誦道：

美麗的迦摩羅向著園林進發，
麥色的沙門靜候入口林蔭下。
當他注目那朵盛開的蓮花，
深深地俯首將身躬下，
美麗的迦摩羅笑容盈盈如花。
年輕的沙門心意難平輕歎呀，

與其向諸神奉獻祭禮，
何如拜倒在迦摩羅的裙下。

迦摩羅拍手稱好，金鐲發出悅耳的聲響。

「你的詩句很迷人，麥色沙門，」她說道，「誠然，贈你一個吻作為回報，也無所失。」

她用眼神邀他靠近，他將臉湊近，吻上那如初熟無花果般鮮嫩的嘴唇。迦摩羅長久地吻他，悉達多帶著深深的驚奇感受她的教導，她的智慧，她對他的掌控，她如何推拒又如何誘惑他。在第一吻後，還有一連串精心安排、經驗豐富的吻，每一吻都獨一無二，正等著他去體驗。他深深呼吸，駐足不動，在這一刻，他對眼前呈現的無盡知識與學問充滿了孩童般的驚奇。

「你的詩篇美妙絕倫，」迦摩羅高聲贊道，「如果我擁有財富，我願以金幣換取你的詩篇。然而，僅憑詩句難以換取你所需的財富，如果想與迦摩羅為友，你需要很多金錢。」

「迦摩羅，你的吻怎能如此美妙？」悉達多結巴著問道。

「是的，我精通此道，因此我不缺衣物，不缺鞋履，不缺手鐲與一切華美之物。但你將如何？難道你只會思考、禁食、吟詩？」

「我還會吟唱祭祀的聖歌，」悉達多說道，「但我不願再吟唱它們。我也懂得咒語，但我不願再說出它們。我已經飽讀詩書——」

「慢著，」迦摩羅打斷了他，「你會讀書寫字？」

「我當然會。很多人都會。」

「大多數人不會。我也不會。會讀書寫字的確是極好的能力，極其寶貴。那些咒語，將來你可能還會用上。」

恰在此時，一個女僕急步走來，在女主人耳畔輕聲低語。

「我有客人到訪，」迦摩羅高聲道，「悉達多，快快離開，絕不能讓人看見你在這裡，切記！明日我再見你。」

她隨即命女僕為這個虔誠的婆羅門送上一件白色長袍。悉達多在恍惚中被女僕帶離，繞道而行，來到一間花園小屋，得到一件長袍，隨後被引至樹叢之中。女僕急切地囑咐，要他立即悄無聲息地離開這片林園。

他順從地按照囑咐去做。對於樹林，悉達多早習以為常，他無聲無息地穿過樹叢，翻過籬笆。他心懷滿足地返回城裡，腋下夾著疊好的衣物。在一家旅人投宿的客棧門前，他靜靜地站著，無言地乞求食物，然後默默地接過一塊米糕。他心中暗想，或許明日，他便不再向人乞食。一股自尊的火焰在他內心突然升起。他已不再是沙門，不再願意低頭乞討。他將米糕給了一隻狗，自己則空腹而歸。

「在這世上生活其實很簡單，」悉達多思索著，「一切都不困難，在我身為沙門的日子裡，一切都曾如此艱難、痛苦，最終令人絕望。但現在，一切變得輕鬆，就像迦摩羅傳授吻技一樣，輕而易舉。我所求不過是衣物和金錢，除此之外，別無他物，這些願望觸手可及，不會讓我夜不能寐。」

〈解說〉

塵世間的生活真的會像悉達多所想像的、所看到的那樣簡單嗎？其實不然。塵世與沙門中自然是不一樣的。沙門中的悉達多只需修行，也只會修行。而塵世間的悉達多則要學習克制欲望，遠離欲望，否則可能陷入沉淪與無盡的絕望之中。

他於此刻脫離了沙門，終究進入塵世，開始了在塵世中的一段旅途。

他早已打聽到迦摩羅在城中的居所，第二日便登門拜訪。

「一切進展順利，」她遠遠地向他喊道，「伽摩施瓦彌正在等你，他是城中最富有的商人。如果你讓他滿意，便可以為他當差。機靈些，麥色的沙門。我已經託人向他提及你。要對他和善，他權勢滔天。但也不要太過謙卑！我不希望你淪為他的僕役，而是要與他平起平坐，否則我不會對你滿意。伽摩施瓦彌年老力衰，安於現狀。如果你能贏得他的青睞，他將對你委以重任。」

悉達多感激地笑了，當她得知他這兩日未曾進食，便命人送來麵包和水果，好好款待了他。

「你可真是福星高照，」她在臨別時說道，「一扇通往新世界的門已為你打開。這一切是如何發生的？莫非你掌握了什麼祕密的法術？」

悉達多說：「昨日我向你提及，我懂得思考、等待和禁食，你卻認為這些毫無用處。然而，迦摩羅，你會看到，這些看似無用之事實際上大有裨益。你會看到，那些看似愚蠢的林中沙門其實掌握了你們所不知的智慧。就在前日，我還是個衣衫襤褸的乞丐；而昨日，我已嘗到迦摩羅的香吻；不久之後，我將成為商人，擁有金錢和你所看重的一切。」

她輕聲應道：「是，那又如何？若沒有我，你會怎樣？若無迦摩羅的援手，你會怎樣？」

「親愛的迦摩羅，」悉達多站起身來，目光堅定，「當我踏入你的林園時，我便邁出了第一步。我下定決心要向這位絕代佳人學習愛的真諦。自立下這決心的那一刻起，我便知曉自己必將實現它。我早已知曉，你會助我一臂之力，從我在林園門口見到你的第一眼起，我便知曉。」

「但若我不願幫你呢？」

「你會願意的。你看，迦摩羅，就如投石入水，它必將快速下沉至底，悉達多一旦確定目標，立下決心，便如那石頭一般，勢不可擋。他不著急行動，而是靜心等待，沉思冥想，禁食修行，如同水中的石頭任由牽引，任由下墜。他的目標牢牢吸引他的心神，不許任何違背目標的念頭侵入心田。這正是悉達多從沙門那裡學到的智慧。愚人稱之為魔法，以為這是由惡魔所驅動的力量。但這其實並非惡魔所為，惡魔並不存在。任何人都能施展魔法，任何人都能達成目標，只要他懂得思考，懂得等待，懂得禁食。」

迦摩羅傾聽著他的話語，她喜愛他的聲音，喜愛他眼中的光芒。

「或許正如你所說，朋友。」她輕聲說道，「但也可能，因為悉達

〈解說〉

悉達多在沙門中學到的思考、等待、禁食，其實更多的是一種信念。他確信有些事情會自然而然地降臨，而自己的思考便是將一切機會抓住的藤蔓。他堅定著某些信念，並嘗試勇往直前。他會被信念和目標所指引，然後在機會降臨時緊握不放，就像他遇到迦摩羅時那樣。

多是個英俊的男子，他的目光令女子心動，因此幸運自然向他靠近。」

悉達多與她吻別：「願這成為現實，我的老師。願我的目光永遠令你歡喜，願幸運永遠因你向我走來。」

第二部

- 迦摩羅
- **塵世啟蒙**
- 輪迴
- 在河畔
- 船夫
- 兒子
- 唵
- 喬文達

悉達多前去拜訪富商伽摩施瓦彌。他被引至一座富麗堂皇的府邸。僕人引他走過價值連城的地毯，來到一間華麗的房間，在那裡等待豪宅的主人。伽摩施瓦彌緩步而入，他身形矯健，髮絲漸染霜色，目光犀利而謹慎，嘴角帶著充滿渴望的弧度。主客二人友好地互致問候。

「我聽說，」商人說道，「你是一個婆羅門、一名學者，卻想要在商人手下當差。難道你是陷入了困境，婆羅門，所以要尋一份差事？」

「不，」悉達多答道，「我並未陷入困境，也從未有過。你要知道，我曾與沙門同行，歷經數載。」

「若你真從沙門中來，豈能無窘迫之憂？沙門不都是一無所有？」

「若你所指是沙門身無長物，那我確實一無所有。但我自願如此，所以並不認為自己處於困境。」

「但若無財產，你如何維持生計？」

「我從未深思此問題，先生。我身無分文已三年有餘，從未考慮如何維生。」

「如此說來，你是靠他人財物維生。」

「或許確實如此。商人同樣依賴他人錢財為生。」

「言之有理。但商人並非無償索取，他以貨物作為交換。」

「似乎確實如此，人人索取，人人付出，生活便是如此。」

「但容我問你，若你一無所有，你又能給予什麼？」

「人人皆有其所能給予之物。戰士出力，商人獻貨，教師傳道，農夫獻稻，漁夫獻魚。」

「說得好。那你又有何可給予之物？你所學何事？你有何能？」

「我會思考。我會等待。我會禁食。」

「僅此而已嗎？」

「我相信，這已足夠。」

「這些又有何用？譬如禁食，其意義何在？」

「禁食大有裨益，先生。若人無食可進，禁食便是最明智之舉。若悉達多未曾學會禁食，今日或許仍需為人效力，無論是在您這裡還是他處，因為飢餓會迫使他如此。但如今，悉達多可靜待良機，無躁無憂，無求無迫，即使長時間受飢餓圍困，也能以笑對之。這就是禁食之益。」

「言之有理，沙門。請稍候片刻。」

伽摩施瓦彌走到屋外，返回時手持一卷文書，遞給悉達多並問道：「你能否讀懂上面的文字？」

悉達多細看卷軸，是一份買賣契約，隨後開始朗聲誦讀。

「妙極，」伽摩施瓦彌說道，「可否在這紙上為我留下幾行字？」

他遞給悉達多紙筆，悉達多書寫完畢後將紙遞還給他。

伽摩施瓦彌讀道：「書寫雖善，思考更勝一籌。智慧雖好，不及忍耐之貴。」

「你的書寫技藝真是高超。」商人讚賞道。

「你我之間還有許多話題待續。今天請你作為我的賓客，在此屋中安住。」

悉達多欣然接受邀請，自此便在富商府上住下。衣裳鞋履都有人備齊，每日沐浴的東西也有僕從準備。每日兩餐佳餚頗為豐盛，但悉達多仍一日一食，且不食酒肉。伽摩施瓦彌向悉達多講述他的經商之道，展示貨物庫房，傳授經營帳目之術。悉達多廣學新知，多聽少言，牢記迦摩羅之言，從不將自己置於商人之下，這使得商人不得不與他平起平坐，甚至對他崇敬有加。伽摩施瓦彌對生意專注、熱忱，而悉達多卻視這一切如一場遊戲。他雖勤於學習，卻未讓這些事務觸及心靈深處。

悉達多在伽摩施瓦彌府上沒住多久，便開始參與他的生意。每日在約定的時刻，他會身著雅致衣裳，腳踏精緻鞋履，去拜訪美麗的迦摩羅。不久，他甚至開始帶上禮物。她善解人意的紅唇，教會他許多。她細膩靈活的手，同樣傳授他許多。對於情愛，他尚顯稚嫩，時常不顧一切投

〈解說〉

此刻，初入塵世的悉達多將一切看作一場遊戲，殊不知一旦入了戲，再想脫離就極為困難。此刻的他似乎已經擁有了部分情欲，但其生活的意義與價值幾乎僅限於與迦摩羅共度的時光，對其他事物他則漠不關心。或許，正是迦摩羅引導他進入了紛繁的世俗世界。

入感官之歡，如同投身於無底的深淵。她耐心教導他，真正的歡愉不在於索取，而在於相互給予，每一個姿態、每一次輕撫、每一次接觸、每一道目光，乃至身體上的每一個微小部位，都蘊藏著它的祕密，這些祕密一旦被懂得欣賞的人喚醒，便能夠帶來無盡的幸福。她教會他，戀人在愛的盛宴落幕之後不應各自匆匆離去，而應相互傾慕，如同雙方皆沉醉於愛的勝利之中，免得心中生出厭倦與荒蕪，也不會有被玩弄或玩弄對方的不快感。他在那位美麗又聰慧的藝術女神身旁度過無數奇妙的時光，成了她的學生、愛人和摯友。在迦摩羅的身邊而非在伽摩施瓦彌的生意之中，他發現了自己生命真正的價值與意義。

商人逐漸將撰寫重要信函和契約的職責委託於他，並且習慣在處理重大事務時與他商量。不久，他便察覺，悉達多對稻米織物、船運貿易之道並不精通，但他手中似乎握有幸福的奧祕。在平和與鎮定方面，悉達多超越了作為商人的他，悉達多精於傾聽之道，善於洞察他人的內心。他曾私下對友人說道：「這位婆羅門並非真正的商賈，經商也非其志向。但他似乎擁有天賜之福，或命運之神的眷顧，抑或是巫術之力，又或許是他在沙門中所學之道。經商之事於他，如同戲水之遊，未曾深陷，也未被其所困。失敗之虞，損失之憂，皆不入其心。」

友人建議商人：「凡其所代理的商事，可將贏利的三分之一贈予他，若遭遇虧損，也讓其承擔相應的損失。如此，他必將更加勤勉。」

伽摩施瓦彌便依此而行。但悉達多對此並不甚上心。若盈利來臨，他便平靜領受；若虧損降臨，他只輕輕一笑，說道：「唉，此番不利！」

似乎商事成敗對他而言，不過是過眼雲煙。一次，他前往村莊，欲收購大批稻米。然而，當他抵達時，卻發現稻米已被賣給其他商人。儘管如此，悉達多仍在那村莊逗留了數日。

他款待農夫，贈予孩子銅幣，參加了一場婚禮慶典，最終心滿意足地踏上歸途。伽摩施瓦彌責備他沒有立即返回，白白浪費了時間與金錢。悉達多卻說：「放下責備吧，親愛的朋友，責備無濟於事。若有虧損，我自會承擔。對此次旅行，我心滿意足。我結識了眾多人物，與一位婆羅門結下友誼，孩童曾在我膝上歡笑，農夫向我展示他們的田地，無人將我視為一名商人。」

「這一切固然美好，」伽摩施瓦彌不甘心地說道，「但你終究是一名商人，不是嗎？難道你的旅行只是為了尋求個人歡愉？」

「確實如此，」悉達多笑著答道，「我的確是為了自己的歡愉而旅行。若非如此，又是為何呢？我結識了許多人，見識了風土人情，享受了友善與信任，結下了新的友誼。親愛的朋友，若我是伽摩施瓦彌，當我發現自己的買賣失敗，我必定怒氣沖沖，急忙返回，如此一來，時間和金錢才是真正被白白浪費了。然而，我卻度過了愉快的時光，學到了東西，享受了快樂，既沒讓自己煩惱，也沒讓他人急躁。若我將來再次前往那裡，或許還是購買稻米，或許出於其他任何目的，那些友善的人將友好、熱情地迎接我，我會慶幸自己當時沒有表現出急躁和不悅。順其自然吧，朋友，不要讓無益的責備傷了自己。若真有一日，你感到因為悉達多而遭受損失，只需開口提醒，我便會自行離去。但在此之前，讓我們彼此寬容。」

伽摩施瓦彌也曾試圖讓悉達多明白，他靠伽摩施瓦彌為生，但終屬徒勞。悉達多靠自己為生，確切地說，他們都靠他人為生、靠眾人為生。悉達多從未對伽摩施瓦彌的憂慮煩心，而伽摩施瓦彌卻總是滿腹憂愁。無論是生意可能失敗、貨物可能丟失，還是債務人可能無力償還，伽摩施瓦彌都無法讓悉達多相信，沉溺於憂慮和憤怒，眉頭緊鎖，夜不能寐，是有益之舉。伽摩施瓦彌曾試圖說服悉達多，稱其所理解的商道均師承於他，對此，悉達多只是答道：「請不要以這般玩笑來試探我。我確實從你那裡知道了一籃魚的價格，以及借貸時應當索取的利息。這是你所精通之術。至於思考的藝術，我並未從你那裡學到，尊貴的伽摩施瓦彌，你或許應當向我學習。」

的確，他的靈魂未曾沉溺於商貿之中。做生意的好處，無非是為他帶來迦摩羅所需的金錢，甚至所得遠遠超過他的所需。悉達多對人間的生意、工藝、憂慮、歡愉與愚行的興趣，只是出於對它們的好奇與探索，這些曾經對他來說如天邊明月般陌生而遙遠。雖然他與人交談無礙，與眾人共同生活，從眾生中學習，但他逐漸覺悟到，有一種無形的界限將他與他們區分開來，那便是他身為沙門的本質。他看著人們以孩童般的天真或動物般的本能生活，他對這樣的生活既喜愛又鄙視。他看著他們為了那些在他眼中毫無價值的事物——金錢、短暫的快樂、微不足道的讚譽而操勞、受苦、老去。他看到他們相互指責、相互辱罵，為那些沙門不屑一顧的痛苦而哀號，為那些沙門不以為意的匱乏而受苦。

然而，他對這些人呈現給他的一切，始終敞開心扉。他歡迎那個向他兜售布料的商人，也歡迎那個尋求借貸的債務人，同樣歡迎那個用一個小時向他訴說自己貧困遭遇的乞丐，儘管這個乞丐其實比任何一個沙門都富有。他對待那些腰纏萬貫的外國商人，與對待為他剃鬚的僕人或街邊騙去他幾枚銅幣的香蕉小販並無二致。當伽摩施瓦彌向他抱怨，訴說煩惱，或因生意上的事務責備他時，他總是好奇而愉快地傾聽，對伽摩施瓦彌感到驚奇，試圖理解他，給予他適當的認可，只要這認可對他來說似乎有必要。然後，悉達多便會離開，關注下一個需要他的人。眾多的人前來找他，有的為了生意，有的企圖欺詐，有的試圖探聽消息，有的尋求他的憐憫，有的為聽取他的建議。他給予建議，表達同情，慷慨施捨，也允許自己受點兒欺騙。這場人生遊戲以及人們在其中所展現的熱情，就如昔日的神明和梵一般，占據了他的心靈。

有時，他能感覺到胸腔深處傳來一絲微弱而垂危的聲音，它在輕柔地提醒，低聲地抱怨，幾乎難以察覺。在那一刻，他會意識到自己過著

〈解說〉

悉達多似乎已經和做沙門時的自己不同了，他雖然人在凡世，但是更像凡世中的旁觀者。他還沒有真正感受凡世的種種生活，也還沒有真正為塵世的種種欲望投入熱情。他總會回到迦摩羅身邊，和她討論佛陀，其實他的心底還是一直想再追尋修行的答案。

一種奇異的生活，所做的一切也不過是場遊戲。他意識到自己看似快樂，偶爾感到喜悅，但真正的生活卻彷彿與他擦肩而過，而未曾觸及。就像一個人在玩球，他也與自己的生意、周遭的人們遊戲，觀察他們，從中尋得樂趣。但他的心靈、生命的源泉並未參與其中。那源泉在某個遙遠的地方流淌，無形而隱匿，與他的生活已無瓜葛。這些念頭有時讓他感到驚恐，他希望自己能夠全身心地投入到日常孩童般的行為之中，帶著熱情真正地去生活、去行事、去享受，而不是僅僅做一個旁觀者。

然而，他總是會回到迷人的迦摩羅身邊，學習愛的藝術，修煉欲望的奧祕。在這其中，給予與接受融為一體，比其他地方更加和諧。他與她交談，向她學習，給她建議，也接受她的建議。她比喬文達更瞭解他，她與他更為相似。

有一次，他對她說：「你就像我，你與眾不同。你是迦摩羅，僅此而已。在你內心深處，有一片寂靜的庇護所，你可以在任何時刻退隱其中，就如我一樣，隨時找到歸屬的感覺。很少有人擁有這樣的庇護所，但其實人人都可以擁有。」

「不是人人都聰明。」迦摩羅說。

「不，」悉達多說，「這與聰明無關。伽摩施瓦彌和我一樣聰明，但他沒有內心的歸屬。相反，有些人才智雖只如孩童，卻能擁有。迦摩羅，大多數人如落葉飄零，在空中飄搖不定，最終跌跌撞撞歸於塵土。但也有少數人，如天上星辰，他們遵循既定的軌道，不受風的干擾，內心自有規律和軌跡。在我認識的眾多博學之士和沙門中，有一人便是如此，他是完美的典範，我永遠無法忘記他。他就是喬達摩，世尊佛陀，宣講教義的覺者。每日都有成百上千的門徒聆聽他的教義，時刻遵守他的戒律，但他們如同落葉凋零，內心並沒有真正的教義和法則。」

迦摩羅微笑著看著他。「你又提到他，」她說，「你又如沙門般思考了。」

悉達多靜默不語。接著，他們開始了歡愛的遊戲，以迦摩羅所熟知的三十種或四十種不同的方式。她的身體柔韌如獵豹，又如獵人待發的滿弓。從她那裡學得情愛真諦的人，將通曉許多欲望和祕密。她與悉達多長久地周旋，誘惑他，拒之又迎，緊緊纏繞。悉達多沉醉於她的精湛技藝，直到他被征服，精疲力竭地在她身邊安歇。這個名妓向他俯身，久久注視著他的臉龐，望著他那雙疲憊的眼眸。

「你是我見過的最好的情人，無人能及。」她沉思著說，「你比別

〈解說〉

在情欲、愛欲的驅使下，悉達多雖然和迦摩羅達成了一種和諧，但這僅是他學習如何步入凡塵的開始。迦摩羅也同樣如此。他們的相似之處在於：二者皆是這世間萬物的旁觀者。不過，悉達多對凡塵的祕密充滿進一步瞭解的欲望，多年來他遊走於凡塵之外，未曾真正屬於凡塵世界。

所以悉達多終究是要進一步入世的，他也終歸要在接下來的時刻成為一個入世的普通人。

人更強大，更柔韌，更投入。你已精通了我的愛之術，悉達多。將來，當我年華老去，我願為你生一個孩子。然而，親愛的，你依然是個沙門，你不愛我，你不愛任何人，不是嗎？」

「或許如此，」悉達多疲倦地回答，「我和你一樣，你也不愛——否則你怎能將愛當作一種技藝來經營？像我們這樣的人或許無法去愛。那些塵世中人，他們知道如何去愛，那是他們的祕密。」

第二部

長久以來，悉達多遊走於塵世的繁華與欲望之間，卻始終未曾真正屬於那個世界。他的感官，在嚴酷的修行歲月中曾被壓抑至死寂，卻又重新甦醒，嘗盡了財富、情欲與權力的滋味。然而，在內心深處，他仍是那個沙門，這一點，聰慧的迦摩羅看得真切。歲月流轉，他的生活仍舊遵循著思考、等待與禁食的法則，世間的人們，那些塵世中人，對他而言，始終是陌路人，他對他們亦是如此。

歲月悄然逝去，悉達多沉醉於富足的生活之中，幾乎未曾察覺。他已變得富有，擁有了屬於自己的宅邸、僕人以及城外河畔的一座幽靜花園。人們喜愛他，紛紛前來，向他借錢或尋求建議。但除迦摩羅之外，無人能真正與他心靈相通。

昔日，在青春歲月裡，聆聽喬達摩的教義之後，在與喬文達分別之

〈解說〉

可能在紙醉金迷的某些時刻，悉達多自己都已經忘卻了自己曾是個沙門，是個唸誦經文的婆羅門。隨著歲月和塵世的打磨，往昔的頓悟和曾經那些他最為崇尚的覺醒也由吼聲變為低語，甚至……最終連一丁點兒聲音都沒有了。一切都變了，悉達多不再是曾經的悉達多，或許連他自己也不清楚阿特曼在何處，而自己此刻又是誰了吧。

時，他所體驗到的那種高遠明晰的覺醒，那種充滿期待的緊張，那不依賴任何教義和老師的孤傲，那聆聽心靈深處神明之音的意願，都已成過往。那曾經近在咫尺的聖泉，曾經在他體內奔騰的聖泉，如今在遠處低吟。他從沙門、從佛陀以及從身為婆羅門的父親那裡學到的許多東西，長久以來一直根植於他的內心：簡樸的生活、對深思的熱愛、沉浸在冥想中的時光，以及對於那個超越肉體與意識的永恆自我的深刻理解。其中一些在他心中留下了深刻的印記，還有一些則逐漸沉沒，被塵埃封存。正如陶匠的輪盤，一經推動，雖可旋轉許久，卻會逐漸減慢，直至停止。悉達多內心的苦修之輪、思考之輪、辨識之輪仍在繼續旋轉，但愈來愈緩慢，愈來愈遲疑，幾近靜止。就如濕氣慢慢滲透枯木，逐漸充滿其中，使其腐爛，世俗與惰性也悄然侵入悉達多的心靈，它們慢慢侵占他的靈魂，使其沉重、疲憊、昏昏欲睡。然而，經歷了無數學習與體驗，他的感官卻變得活躍起來。

悉達多學會經商之道，行使權力，享受女人帶來的歡愉。他學會穿戴華麗的服飾，指揮僕人，在香氣四溢的水中沐浴。他學會品嘗精心烹製的美食，包括魚肉、家禽，還有香料和甜點；學會享受那令人昏沉、令人忘卻的美酒。他學會擲骰子、下棋，觀賞歌舞，乘坐華麗的轎子，安睡在柔軟的床上。但即便如此，他仍感到自己與眾不同，高人一等，用輕蔑和嘲諷的眼光看待沉迷於世俗的人們，正如沙門對塵世之人不屑一顧。當伽摩施瓦彌感到不適、煩惱、受辱或被生意憂慮所困時，悉達多總以輕蔑的態度冷眼旁觀。

隨著時間流逝，隨著季節更迭，他的嘲笑中漸帶疲意，他的高傲悄然沉寂。隨著財富漸積，悉達多漸染塵俗之氣，有了世俗人的稚拙與憂懼。他反而羨慕這些塵世之人，隨著自己與他們日漸相似，他的羨慕之情就愈發強烈。他羨慕那些凡塵之人，因為他們擁有他所欠缺之物——那對生活的珍視，對喜悅與憂愁的熱情，以及對永恆愛情帶來的既恐慌又甜蜜的幸福的渴望。世人常將心緒傾注於己身、妻兒、名利或金銀、籌謀或期許。然而，悉達多未能習得這種孩童般的純真與愚昧，學得的反倒是他自己所不屑的東西。歡宴之夜過後，清晨之時，他愈發頻繁地久臥不起，感到身心俱疲，猶如愚鈍未醒。伽摩施瓦彌的煩惱，也日漸使他心生惱怒與不耐。擲骰子輸錢時，他竟會放聲大笑。他的面容依舊顯得聰明過人，卻鮮少露出笑容，逐漸顯出富人常見的神情——不滿、病態、乖戾、懶散和冷漠。富人心靈的痼疾悄然侵襲著他。

疲憊像面紗，如薄霧，逐漸籠罩悉達多，日復一日，月復一月，年復一年，愈發沉重。如同新衣隨著時間變得破舊，失去光彩，沾染汙點，出現褶皺，邊緣磨損，開始顯露愚鈍、脆弱，悉達多與喬文達分別後的新生活，也隨著歲月流逝，變得黯淡無光，失去了昔日的光彩。皺紋和斑點逐漸顯現，失望與厭惡已隱藏於深處，愈發顯眼，愈發醜陋。這一切，悉達多都並未察覺。他只是意識到，曾經在他心中甦醒，引他走過光輝歲月的明亮而堅定之聲，已悄然沉默。

誘惑、欲望、惰性以及他曾視為最愚蠢、可笑的貪婪惡習，已將他俘獲。資產和財富不再只是遊戲與虛無，而變成束縛他的鎖鏈和重擔。悉達多竟以一種詭異而狡詐的方式沉淪於最卑劣的賭博之癮。昔日，他僅以微笑、從容之態，將其視作一種習俗，以金錢與珍寶為抵押的遊戲。而自悉達多心中不再以沙門自居起，他便以日益增長的狂熱和激情投身於賭局之中。他是個令人生畏的賭徒，鮮有人敢與之對峙。他下注極高，膽大妄為。他因內心的渴望，沉迷賭局，將那微不足道的金錢揮霍一空，以獲得一種憤怒的快感。這是最能明顯、更為諷刺地表現出他對財富的輕蔑，對商人崇拜的金錢的鄙視方式。他在賭局中揮金如土，對自己冷酷無情、譏諷、自嘲，贏得無數錢財，卻又毫不留情地將它們輸掉。輸掉金錢、珠寶、莊園，再贏回，再輸掉。他唯獨對投擲骰子和豪賭時心中那令人窒息的恐懼情有獨鍾，渴望時刻重燃，不斷昇華，愈演愈烈。他唯有在這般激蕩心魄的感受中，方能體會到一絲歡愉、一絲陶醉，彷彿在他那充滿欲望與冷漠、索然無味的人生中，尋得一種超然物外的境界。每次輸掉鉅款，他便思索如何重新積累財富。他熱切地投身生意經營，嚴令債戶如期還債，這皆因他要繼續賭局，揮霍無度，向財富昭示其輕視之意。悉達多在失敗中漸失往日的平和，對欠帳者失去耐心，對乞人無復善顏，樂善好施之心也隨之杳然。他，那昔日視金錢如糞土，笑對輸贏之人，於商海之中變得嚴苛又計較，在夢境中也時常被金銀所擾。每當從這可憎的迷惑中驚醒，對鏡自照，目睹自己容顏醜惡，內心充滿羞愧與厭惡時，他便逃避，投向新的賭局，沉醉於肉欲、酒鄉之中，重返那無盡的貪欲與追求。

在這無休止的循環往復中，他日漸疲憊，年華老去，疾病纏身。後來，悉達多於夢中得到警示。那日黃昏之時，他與迦摩羅在她迷人的花園中，在樹蔭下傾心交談。迦摩羅說了些意味深長的話，字字透露出哀愁與疲憊。她請求悉達多講述佛陀的故事，對此她百聽不厭。她聆聽悉達多描述佛陀純淨的眼眸、安寧美好的嘴唇、慈悲滿懷的微笑以及從容平和的步伐。他向她講述佛陀的崇高境界，迦摩羅聞言歎息道：「終有一日，或許不久之後，我也將追隨佛陀之道。我願將我的林園奉獻給他，在他的教義下尋求庇護。」

但隨後，她又以激烈的情欲挑逗他。在愛欲中，帶著痛苦的狂熱將他緊緊束縛，伴隨著啃咬與淚水，彷彿要最後一次從這空虛易逝的欲望中榨取最後的甜蜜。悉達多從未如此清晰地意識到，欲念與死亡竟是如此緊密相連。他臥於迦摩羅身旁，她的面龐近在咫尺，他於她的眼底、唇角讀到了前所未有的驚恐，那細膩的線條、淡淡的溝壑，恍如秋日與歲月之書。如同悉達多已經步入中年，烏髮之間夾雜著幾許銀絲，迦摩羅的容顏上寫著疲憊。她的美麗已經開始凋零，帶著隱祕的、未曾言說的、可能連她自己都未曾察覺的惶恐：對衰老的懼怕，對秋日的畏懼，對終將來臨的死亡的恐懼。他帶著歎息與她告別，心中充滿厭倦和不為人知的惶恐。

那夜，悉達多於自家宅邸，與舞女共飲，與同輩之人較量，卻已非昔日之勝者。酒意甚濃，直至深夜他才返回床榻，雖感疲倦卻心緒難平，幾欲淚下，絕望縈繞。他試圖入眠，卻只是徒勞，心中滿是難以忍受的悲哀，厭惡之感油然而生。溫熱、令人作嘔的酒味，過分甜膩、沉悶的音樂，舞女們過分溫柔的笑靨，以及她們髮間、胸前過於甜膩的氣息將他淹沒。然而，最讓他心生反感的，卻是他自己，是他那香氣襲人的頭髮、口中酒氣熏人的氣息、倦怠和鬆弛的皮膚。猶如飽食痛飲者，雖嘔吐難忍，卻也欣然於這一時的舒緩，這個失眠之人也渴望在一陣極度的厭惡之中，將自己從這無度的歡愉、陳腐的習慣、無意義的人生乃至自我本身中，徹底解脫。黎明初現，城市的街道喧囂漸起，他才在疲憊中緩緩睡去，有一會兒他感到半夢半醒的朦朧。那一刻，他做了一個夢。

迦摩羅有一隻珍貴稀有的鳥兒，養在金色的籠子裡。他夢見了這隻小鳥。鳥兒並未如往日一樣在晨曦中婉轉歌唱，他察覺到，便走到籠前，向內望去，只見小鳥已死，僵硬地躺在籠中。他將鳥兒從籠中取出，輕握片刻，便將其扔向外面的小巷。在這一刻，一股劇烈的恐懼襲上心頭，痛徹心扉，他彷彿將自己所有的珍貴和善良與那死去的小鳥一同拋棄。

夢中驚醒，他被無盡的哀愁籠罩。他自覺一生毫無價值，徒勞無益。手中未曾留下任何生動、珍貴或值得珍惜之物。他宛如獨自佇立於海岸的沉船倖存者，孤獨空虛。在陰霾籠罩下，悉達多走進自己的花園，關上大門，在一棵芒果樹下坐下，心中充滿對死亡的恐懼。他靜坐不動，感受著生命在心中的消逝、凋零和終結。

〈解說〉

▶曾經令悉達多厭惡的一切如今都已變成一道道枷鎖，深深地烙印在他的靈魂中。內心的指引也早已成為虛妄，不復存在了。於荒誕的輪迴中，他學會了凡塵的一切，但也一步步走進麻木與墮落的深淵。

▶夢中驚醒的悉達多再次陷入虛無之中，不過這次與年少時不同。他深切地感受到自我的墮落與死亡。萬千悲哀自心底油然而生，只剩虛無、空洞與絕望。此刻的紙醉金迷才算是真正的毫無意義，他比之前思慮的任何一次都更加清晰地意識到這點。

漸漸地，他聚集思緒，再次在心靈深處回溯自己的人生軌跡，從記憶能及的最初時刻開始，何時他曾感受到幸福的滋味，沉醉於真正的喜悅之中？確實，曾有許多這樣的時刻。在孩童時代，每當從婆羅門口中贏得讚譽，每當他超越同輩，熟誦聖典，與博學之士辯論，協助祭祀儀式時，他的心中便湧起喜悅：「一條道路在你面前，喚你前行，諸神正在等你。」在青年時期，不斷昇華的思想目標使他從有同樣追求的青年中抽離，當他為理解婆羅門的真義而痛苦掙扎時，每一份所得的知識都在他心中激起更深的渴望。在渴望與痛苦之中，他感受到了同樣的呼喚：「向前！繼續向前！你正被召喚！」當他離開故土，選擇成為沙門修行時，曾聽過這聲音；當他從沙門中離去，追求那圓滿之人時，再次聽到；從圓滿之人那裡走向未知時，又一次聽到。這聲音已久未響起，他已久未攀登高峰。他的道路平坦枯燥，漫長的歲月悄然流逝，沒有遠大的目標，沒有渴望，沒有振奮，僅為微小的欲求而滿足，卻從未真正心滿意足。多年來，他無意識地追求，渴望與眾人一樣，成為孩童一般的凡人，但他的生活卻比他們更貧瘠，更淒涼。因為他們的目標非他所追求，他們的憂愁非他所憂慮。如伽摩施瓦彌一般人們的整個世界，在他眼中不過是一場遊戲，一齣供人觀賞的舞蹈，一場鬧劇。唯有迦摩羅，是他心中摯愛。但如今，還是否如此呢？他還需要她，或者她還需要他嗎？他們不是在玩一場無盡的遊戲嗎？這樣的生活真有必要繼續嗎？

不，沒有必要！這遊戲名為輪迴，一場孩童之戲，或許初嘗之下頗為迷人，值得一試、再試，甚至十試。但真需如此周而復始，無休無止？

在那一刻，悉達多明白，遊戲已終，他再也無法參與其中。一股寒意自他全身掠過，他感到在內心深處，有某種東西已經死去。那天，他整日靜坐於芒果樹下，思念著父親，思念著喬文達，思念著佛陀。是否非得拋下他們，才能成為伽摩施瓦彌？夜幕降臨時，他仍在靜坐。他仰望繁星，心中暗想：「我在此，坐於我的芒果樹下，在我的花園之中。」他輕輕一笑，擁有一棵芒果樹、一座花園，是否真的必要？是否真的正確？這難道不是一場愚蠢的遊戲？

這個念頭在他這兒有了了結，那些東西在他心中已經死去，他站起身來，向芒果樹告別，向花園告別。他整日未曾進食，此刻饑腸轆轆，想起城中的家，想起臥室與床榻，想起滿桌食物。他疲倦地笑笑，搖了搖頭，向這些事物告別。

就在那個夜晚，悉達多離開了他的花園，離開了城市，永不復返。伽摩施瓦彌派人尋他許久，以為他落入了盜賊之手。而迦摩羅卻沒有尋

〈解說〉

停留在塵世的這場夢境，與迦摩羅家中的金絲鳥死去的夢境相互交錯著，讓悉達多重新思考，脫離輪迴。他體驗過凡塵，又該去尋找真正的阿特曼了。他自始至終沒有告別，卻正與一切悄然告別。

他。得知悉達多失蹤的消息，她並未感到意外。難道她不是一直在期待這一時刻嗎？他本就是一個沙門，一個無根之人，一個朝聖者，不是嗎？尤其是在最後一次相聚，她更深切地感受到這一點。在失去的痛苦之中，她也暗自慶幸，她能最後一次將他緊緊擁入懷中，讓自己再次完全沉醉於他，再次完全地擁有他、感受他的存在。

當她收到悉達多消失的消息後，她走到窗前，金色籠中關著一隻珍稀的會唱歌的鳥。她打開籠門，取出鳥兒，放它飛向天際。她久久凝望那隻飛鳥，自那日起，她不再迎客，府門緊閉。經過一段時日，她終於發現，與悉達多的最後一次相聚，她已懷有他的骨肉。

第二部

- 迦摩羅
- 塵世啟蒙
- 輪迴
- **在河畔**
- 船夫
- 兒子
- 唵
- 喬文達

悉達多漫步於森林之中，他已遠離城市的喧囂，心中只留下一念，便是他無法再回到往昔，他多年來所過的生活已經結束，他已經徹底厭倦。他夢中那隻會唱歌的鳥兒已經死去，心中的鳥兒也已經不再歌唱。他深陷輪迴之苦，已經從周圍吸取了無盡的厭惡與死亡，如同海綿吸水，直到再無空隙。他的心中充滿了厭倦、痛苦與死亡，世上再無一事能讓他動心，讓他快樂，給他帶來安慰。他渴望放下自我，渴望安寧，渴望死亡。願一道閃電劈來，將他擊倒！願一隻猛虎撲來，將他吞噬！若有一杯美酒、一種毒藥，讓他沉醉於遺忘和寧靜的夢鄉，永不甦醒，該有多好！難道還有什麼汙穢他未曾沾染，什麼罪孽和愚行他未曾犯下，什麼心靈的荒漠他未曾背負嗎？難道生活還有可能嗎？他還能再次吸氣、吐息，感受飢餓、進食，入眠、與女人同床嗎？這輪迴對他而言，是否已經走到盡頭？

悉達多來到林中的那條河旁，他年輕時從喬達摩的城中到此，一個船夫曾在這裡渡他過河。他在河畔止步，在岸邊徘徊，猶豫不決。疲憊和飢餓已讓他力不從心，他還有什麼理由繼續跋涉？走向哪裡？追求什麼？不，再也沒有目標，只剩下無盡的、痛苦的渴求，渴望擺脫這荒誕的夢，擺脫這空虛的酒，結束這充滿悲痛和恥辱的生命。

河岸上有一棵彎曲的椰樹，悉達多將肩膀倚靠在樹上，手臂環繞著樹幹，凝視著下方碧綠的河水，河水不停地流淌。他渴望鬆開手，沉入這水中。

水中映射出一種可怕的空虛，映照出他靈魂深處的恐懼和虛無。是的，他已經走到盡頭。他唯一的渴望，不過是讓自己徹底消失，將這失敗的生命粉碎，擲於那些譏諷他的神靈腳下。這就是他渴望已久的，徹底的解脫，就是讓死亡摧毀他所憎惡的形象！

願那些魚兒吞噬悉達多這個畜生，這個瘋子，這個腐敗墮落的軀體，這個軟弱受苦的靈魂！願魚群或鱷魚將他吞噬，願惡魔將他撕碎！

他面容扭曲地凝視著河水，瞥見自己的倒影，然後唾了一口。在極度的疲憊中，他鬆開環抱樹幹的手臂，緩緩轉身，任由自己垂直墜落，渴望沉入深淵。他閉上眼睛，向死亡沉淪。就在這時，從他靈魂的遙遠角落，從他疲憊生活的往昔中，傳來了一個聲音。那是一個字，一個音節，他在無意識中低聲唸出，那是所有婆羅門禱文的起止之詞，神聖的「唵」，意味著「完美」或「圓滿」。當「唵」之音傳入悉達多耳中，沉睡的心靈突然甦醒，意識到自己的愚行。恐懼深深攫住悉達多。他處於如此境地，迷失而絕望，失去所有智識，甚至尋求死亡。這個孩童般

〈解說〉

悉達多離開宅邸，逃離城邑，歸於林中。他渴求在林中得到永恆的安寧，哪怕是以死亡的方式，這段塵世體驗使他迷失了自我。悉達多試圖墜入河中，長眠不醒。當自我變得狼狽不堪，瀕臨毀滅之際，對於此時的悉達多來說，或許唯有死亡才是真正的解脫。當他墜入河底時，心底的婆羅門教義起止音——「唵」，於此刻猛然閃現，那一個字再次指引他歸於平靜。在「唵」的指引下，悉達多在河邊有了新的體悟，回憶起他所遺忘的一切。悉達多此刻正試圖接受真正的自己，儘管這個過程需時太久。

的願望，在他心中愈發強烈：通過毀滅肉體來尋求安寧。之前的所有苦痛、所有失望、所有絕望都未能改變他的想法，然而在「唵」這個詞進入他意識的那一刻，他突然認識到自己的痛苦和錯誤。

「唵！」他輕聲低語。「唵！」在那一刻，他重新理解了梵，認識到生命的永恆，重新領悟了他所遺忘的所有神聖之物。但這只是一種短暫的頓悟，如電光火石般稍縱即逝。椰子樹下，悉達多枕在樹根上，沉沉入睡。他睡得很沉，沒有夢境，他已經許久未睡得這般香甜。數小時過後，他醒來，彷彿已經走過十年歲月。耳邊響起潺潺水聲，他卻茫然不知自己身處何地，也忘記是誰將他帶到此處。他睜開雙眼，驚異地望向頭頂的樹木與天空，終於憶起自己身在何處，如何來到這裡。然而，要讓往事清晰浮現，仍需片刻。曾經的一切，似乎被一層薄紗遮蔽，遠在天邊，遙不可及，卻已不再重要。在清醒的最初時刻，過去的生活彷彿已成遙遠的往昔，宛如前生。他只知自己已拋下前生，它曾充滿苦難，讓人厭惡以致他想要拋棄生命。然而在一條河流旁，在椰子樹下，他找回了自己，唇邊唸著神聖的「唵」，然後沉沉入睡。現在醒來，他彷彿成了一個全新的人，重新審視這個世界。他再次低聲唸出那個讓他入睡的「唵」，感覺自己漫長的睡眠好像不過是一段沉浸於「唵」的默念與沉思，一次徹底的沉浸和融入，進入那無名而完美的境界。

這一次睡眠多麼神奇！如此令人精神煥發、活力充沛的一覺，他此前從未有過！或許他已真正死去，消逝於世，又以一種全新的姿態獲得重生。但並非如此，他認識自己，認識自己的手腳，知道自己身在何處，心中有著那個自我，那個固執、特立獨行的悉達多。然而這個悉達多已經蛻變，煥然一新，奇妙地睡去，又奇妙地甦醒，滿懷喜悅和好奇。

悉達多坐起來，看見一個陌生人在對面靜坐，一個剃著光頭、身穿黃色僧袍的僧人，正沉浸在思考之中。

他細細端詳這個無髮無鬚之人，不久便認出，這位僧人正是他年少時的摯友，皈依世尊佛陀的喬文達。喬文達也已年邁，顯露出熱忱、忠誠、探求與憂慮的痕跡。當喬文達注意到悉達多的目光，睜開雙眼凝視他時，悉達多意識到，喬文達並未認出他來。喬文達見他醒來，顯得很高興，顯然他已在這裡坐了很久，在等他甦醒，儘管他並未認出悉達多。

「我睡著了。」悉達多說，「你怎麼會在此地？」

「你睡著了。」喬文達回答，「此地不宜安睡，蛇行獸走，危險四伏。哦，先生，我是世尊喬達摩、佛陀釋迦牟尼的弟子，與眾弟兄行至此處，見您臥於險惡之地，便想喚醒先生。但見您睡得深沉，我便留下守在您身旁。本想守護您，不料，我竟也睡去，這是我的過失，我太疲憊了。既然先生已經醒來，我將啟程，去追上我的弟兄們。」

「感謝你，沙門，在我睡著時守護了我。」悉達多說道，「你們這些世尊的弟子真是慈悲為懷。那麼，你便去吧。」

「我這就動身，先生。願您永享安寧。」

「多謝你，沙門。」

喬文達行禮告別：「再會。」

「再會，喬文達。」悉達多回應道。

僧人停下腳步。

「請告訴我，先生，您如何知曉我的名字？」

悉達多微微一笑。

「我與你相識，喬文達，於你父親的宅院，於婆羅門學苑，於獻祭之儀式，於沙門同行之路，於祇樹給孤獨園中你皈依世尊之時，我都與你相識。」

「你是悉達多！」喬文達大聲驚呼，「現在我認出了你，不知方才為何未能即刻認出你來。悉達多，與你重逢令我非常歡喜。」

「與你重逢，我也甚是喜悅。再次感謝你，在我睡著時守護在我身旁，儘管我本不需要守護。朋友，你欲往何處？」

「我無定所可往。我們僧侶總在路上，非雨季之時，我們便從一地遷往另一地，遵循戒律，傳揚佛法，化緣乞食，然後繼續前行。一向如此。而你，悉達多，你欲往何處？」

悉達多說道：「我亦如此，朋友。我並無特定的目的地，僅是在路上，在朝聖之路上。」

喬文達說：「你說，你在朝聖，我相信。但請恕我直言，悉達多，你的打扮並不似一個朝聖者。你身著華服，足踏貴履，髮香飄揚，這並非求道者或沙門的模樣。」

「的確，親愛的朋友，你觀察入微，一切都逃不過你敏銳的目光。但我未曾告訴你，我是一個沙門，我只是告訴你，我在朝聖。僅此而已，我在朝聖。」

「你在朝聖，」喬文達說，「然而，鮮少有人身著這樣的衣裳，足踏這樣的鞋履，頭梳這樣的髮式行於朝聖之路。多年來我也行走於朝聖路上，卻未遇過這樣的朝聖者。」

「我信你的話，喬文達。但如今，你已經遇見這樣的朝聖者，足踏這樣的鞋履，身著這樣的衣裳。請記住，親愛的朋友，世間萬物皆為幻象，皆是無常，我們的衣裳、髮式，乃至我們的頭髮與身體本身，皆是如此。我身著富人的衣裳，因為我曾是富人。我的髮式如世俗之人或享樂者，因為我曾是其中之一。」

「那現在，悉達多，你又是何人？」

「我不清楚，我和你一樣對此一無所知。我不過是在路上。我曾擁有財富，現在卻一無所有；明日我將如何，我也不知。」

「你失去了財富？」

〈解說〉

悉達多與昔日好友喬文達的見面充滿機緣巧合，此刻的他們都在路上，都在以自己的方式修行著。儘管二人早已在這條路上出現了分歧，於途中分道揚鑣，但此刻也都在朝著自己想要的答案邁進。喬文達不再是悉達多的影子，他有了屬於自己的人生與追尋。

「或是我失去了它，或是它失去了我。它已經不再屬於我。輪迴之輪瞬息萬變，喬文達。婆羅門悉達多何在？沙門悉達多何在？富人悉達多何在？世事無常，喬文達，你明白這道理。」

喬文達長久地注視著這位年少時的朋友，眼中帶著疑惑。隨後，他以尊崇顯赫之人的禮節向他告別，轉身離去。

悉達多面帶微笑望著他的背影，他依舊愛他，這個忠誠而謹慎的人。經過那般奇妙的睡眠，在這神聖的時刻，他心懷「唵」，怎麼可能不愛一切人與事物！這正是睡眠與「唵」對他施下的魔法，讓他滿懷喜悅的愛，對所見的一切皆生愛意。此刻他才恍然大悟，原來自己之前病得如此之重，竟讓他無法去愛任何事物，也無法去愛任何人。

悉達多面帶微笑望著那位離去的僧人。睡眠使他精力充沛，但飢餓

〈解說〉

悉達多意識到如今的自己早已成了一個真正的凡人。那麼，這個凡人應該脫離塵世，去尋找那個真正的答案了。這條路，或許比沙門的荊棘之路更為艱難，因為悉達多意識到，想要尋找真正的阿特曼的代價是：必須先將自己變成一個世人、一個凡人，他必須過自己還是沙門時所不屑的塵世生活並沉迷其中，然後又在失去它們後開始新的頓悟。

卻折磨著他，因他已經兩日未曾進食，那段與飢餓抗衡的日子已成過往。他帶著憂傷和笑意，憶起那段歲月。那時，他曾向迦摩羅誇耀自己精通三項崇高且堅不可摧的技藝：禁食、等待和思考。這三者曾是他的財富，他的力量之源和他的依靠，在他勤奮而辛勞的青春歲月裡，他只學會了這三種技藝，除此之外，別無其他。而如今，它們已離他而去，不再屬於他。他為了那些微不足道的事物，為了短暫的歡愉、感官的享受、舒適的生活以及財富，放棄了它們！這對他來說真是不可思議。如今，他似乎真的成了一個孩童般的人。

悉達多審視著自己的處境，發現思考變得異常艱難，雖然他並不願去想，但還是強迫自己思考。

現在，他思忖：「既然這些易逝之物都已離我而去，我再次站在陽光下，宛如當年幼小的孩童，一無所有，一無所長，一無所知，一無所學。真是奇妙至極！如今我已不再年輕，白髮漸生，精力漸衰，卻要重新開始，從孩童做起！」他不禁再次露出微笑。是的，他的命運確實不同尋常！人生在走下坡路，現在他又空虛、赤裸、愚蠢地站在這世界上。但他並不感到悲傷，反而有一種想要大笑的強烈欲望，笑自己，笑這奇怪而愚蠢的世界。

「你正在走下坡路！」他自言自語地笑著說，而當說出這句話時，他的目光落在了那條河上，那條河也在一路向下流淌，歡快地歌唱。這讓他心生喜悅，和善地向河流報以微笑。這難道不是那條他曾想溺亡的河流嗎？那是在多久以前，一百年前？還是那只是個夢？

我的人生真是奇異，他想。我經歷了這麼多不可思議的曲折。童年時，我只與神明和獻祭為伴。少年時，我只專注於苦修、思考和冥想，追尋梵，敬仰永恆的阿特曼。而青年時，我卻追隨苦行僧，隱居林中，承受嚴寒酷暑，學會忍受飢餓，學會讓肉體逐漸消亡。然後在偉大佛陀的教義中，我奇妙地領悟到了萬物統一，那智慧在我體內流轉，如同自己的血液。然而，我還是必須離開佛陀和那偉大的智慧。我離開，向迦摩羅學習愛的藝術，向伽摩施瓦彌學習經商之道，積累金錢，揮霍金錢，學會寵愛自己的胃口，迎合自己的感官。我耗費了多年時光，忘卻了心靈，忘卻了如何思考，忘卻了萬物合一。讓我從一個成人變回了孩子，從一個思考者變成了一個孩童般的凡人，這難道不是一個緩慢而曲折的過程？然而，這條道路卻是極好的，我心中的鳥兒並未死去。但這是怎樣的一條路啊！我必須經歷無數的愚昧、欲望、錯誤、厭惡與失望、悲傷與哀歎，才能重獲童真，重新開始。然而，這正是我心中所願，我的眼睛為此而笑。我必須經歷絕望，產生最愚蠢的念頭——自我毀滅，才能體會神恩，重新聆聽「唵」，才能安穩入夢，真正甦醒。我必須化身為一扇門，方能在內心深處尋回自我。我必須犯下罪孽，才能重獲新生。我的旅途還將帶我走向何方？這條道路何其荒誕，循環往復，或許只是在原地打轉。任憑它去，我願隨之而行。

他胸中喜悅如泉湧。他問自己的心，這喜悅從何而來？是否源自那長久而美好的睡眠？還是因為「我」吟誦出的「唵」？抑或是我已逃離，掙脫束縛，終於重獲自由，如孩童般立於蒼穹之下？逃離束縛，得到自由，這感覺多麼美好！這裡的空氣多麼清新宜人，令人舒暢！那裡，那個我逃離的地方，一切都散發著油膏、香料、酒香、奢靡和懶惰的氣味。我多麼憎恨那個富人、饕餮、賭徒的世界！我多麼憎恨自己，竟在那個可怕的世界中逗留了如此之久！我曾多麼憎恨自己，曾讓自己受到劫掠、毒害、折磨，變得蒼老和邪惡！不，我再不會像過去那樣自詡為智者悉達多。但有一件事我做得對，我為此感到欣慰，我為此讚美，那就是結束了對自己的憎恨，結束了那愚蠢而空虛的生活！我讚頌你，悉達多，經過多年的愚昧，你終於再次靈光一現，有所行動，聽見內心鳥兒的歌聲，並跟隨它！

他這樣讚美自己，對自己感到喜悅，好奇地聆聽著自己的肚子因飢餓而咕咕作響。他在這段時間嘗盡痛苦，直至絕望與死亡將他吞噬。這樣，便很好。他本可以在伽摩施瓦彌那裡逗留更久，賺錢、揮霍，滿足口腹之欲，讓靈魂枯萎，他仍可在那溫軟而富麗堂皇的地獄中生活很久，若非那個徹底絕望的瞬間——當他懸在流水之上，準備自我毀滅的那一刻來臨。他曾感受到絕望和極度的厭惡，但他並未被其擊敗。他內心的鳥兒，那快樂的源泉與聲音，仍生機勃勃。這讓他心生喜悅，令他歡笑，令他的面龐在斑白的頭髮下煥發光彩。

「這很好，」他想，「親自經歷必須知道的一切。我自幼便學到，世俗欲望與財富並非善事。長久以來我雖知曉，直到如今才真正體會。我已知這一切，我不僅用記憶，而且用雙眼、心靈、肚子去感受這一切。幸哉，我已領悟！」

他長久沉思自己的轉變，聆聽鳥兒因喜悅而歌唱。難道他內心的鳥兒沒有死去，他沒有感受到它的死亡嗎？不，死去的是他內心的另一種東西，那東西早已渴望死去。這不正是他曾在那些火熱的懺悔歲月裡試圖抹去的東西嗎？不正是「我」嗎？那個微小、畏縮又自負的「我」，多年來與他纏鬥不休，總是在戰敗後又崛起，剝奪他的歡樂，讓他感到恐懼。不正是這個「我」，今天終於在森林中的河畔得到了終結嗎？不正是因為這個終結，他現在才能像孩童一般，充滿信任，無所畏懼，充滿喜悅嗎？

此時，悉達多也明白了，為何他曾作為婆羅門、苦行僧與這個「我」徒勞抗爭。他被過多的知識所束縛，被太多的神聖經文、太多的獻祭規則、太多的苦修、太多的行動和追求所困擾！他曾充滿驕傲，總是最聰明、最勤奮，總是領先一步，知識淵博、富有思想，總是祭司或智者。他的「我」已蜷縮在這祭司的身分中，在這驕傲中，在這思想中，牢牢地盤踞著、生長著，而他本想通過禁食和懺悔來扼殺它。現在，他終於明白，那個祕密的聲音說的是正確的，沒有任何老師能夠拯救他。因此，他必須走出自己的世界，沉浸在欲望和權力、女人和金錢之中，成為一個商人、賭徒、酒鬼和貪婪者，直到他內心的祭司和沙門死去。因此，

〈解說〉

悉達多接受了自己在塵世間的一切，包括那個曾沉迷於紙醉金迷中的自己。在經歷了「重生」後，他真真切切地讚美那個能夠終結一切舊我的自己，感謝那些曾經的塵世經歷，也感謝那個選擇不再經歷塵世、逃離奢靡生活的自己。

欲望並不會因為知識和智慧而消失不見，有時在試圖消除欲望的過程中，它們反而會被放大。所以，只有真正經歷生活和考驗之後，才能學會放下、超脫，找到真正的道中之道。這僅靠智慧和知識是無法實現的，需要親自去體驗。但經歷過並不意味著能夠徹悟，世間的一切事物都在悄然運行，無處不布滿荊棘又無處不在新生，這些都需要不斷地去感悟。

他必須承受那些醜陋的歲月，忍受厭惡、空虛、毫無意義的荒蕪生活，直至終結，直至絕望的深淵，直至那個好色、貪婪的悉達多死去。他已死去，一個新的悉達多從沉睡中甦醒。他也會變老，也終將死去，悉達多是短暫的，一切形態皆為無常。然而今日，他風華正茂，他是一個孩子，是新生的悉達多，內心充滿喜悅。懷著這些思緒，他微笑著聆聽自己饑腸轆轆，感激地聆聽蜜蜂嗡嗡作響。他心情愉悅地凝視著那奔騰的河流，沒有任何水源像這條河一樣令他感到如此舒適。他似乎覺得，河流在對他訴說一些特別的事情，一些他還未知曉、仍在等待他的東西。正是在這條河中，悉達多曾想結束自己的生命，那個舊日的他，那個疲憊而絕望的悉達多，今日已被河水淹沒。然而，新生的悉達多對這流動的河水充滿深深的愛意，決定不再那麼快地離開它。

第二部

悉達多心想，他要留在這河邊，正是這條河流曾引他走向凡人的世界。那時，一個友善的船夫曾為他引路。他決定再次拜訪那個船夫，因為正是從他的小屋開始，他踏上了一條通往嶄新生活的道路。如今那段生活已衰老逝去，願他此刻的道路，他當下嶄新的生活，也能從這裡重新開始。

他溫柔地凝視著那流淌的河水，透過那晶瑩的綠意，注視著它那神祕如水晶般的波紋。他看到輕盈的珍珠從水底浮出，靜謐的氣泡在水面漂浮，映射出天空的藍色。河流用千百雙眼睛注視著他，綠色、白色，水晶般透明，天空般湛藍。他多麼愛這條河流，多麼著迷於它，多麼感激它！在心中，他聽到了新覺醒的聲音對他說：「愛這條河流！留在它身旁！向它學習！」是的，他願向它學習，願傾聽它的聲音。在他看來，

〈解說〉

曾經埋下的伏筆終於在此刻浮出水面，悉達多選擇留在河邊，與船夫一同修行。曾渡他通往塵世河流的船夫，會再次渡他過同一條河，像指路明燈一樣指引他。不過不同的是，曾經的那條河是奔向凡塵，而如今的河水則奔向「唵」。

當悉達多開始感受並傾聽這條河的時候，他就已經悟透了人生，但並非全部的人生。河水奔流不息，卻總在此處，又會時時更新。世間萬物皆是如此，唯一不會發生改變的便是變化。自古皆然，就連河水也不例外，更何況悉達多的人生。

誰若能領悟這水及其祕密，便能領悟到其他許多祕密，所有的祕密。今日，他只看到河流的一個祕密，深深地震撼了他的心靈。他看到這水不停流淌，奔流不息，卻始終存在，始終如一，時時刻刻都嶄新。哦，誰能理解這道理，能領悟這一切！他似乎有所感悟，但又無法完全理解，只是感到些許預感，遙遠的回憶，神性的聲音。

悉達多站起身來，身體的飢餓讓他難以忍受。他繼續沿著河岸漫步，逆流而上，聆聽著河水的聲音，聆聽著自己身體裡飢餓的咆哮。

當他來到渡口，看到船正停在那裡，那個曾把年輕的沙門渡到對岸的船夫正站在船上。悉達多認出了他，他也老了許多。

「你能否渡我過河？」悉達多問道。

船夫見到一個衣著光鮮的貴人獨自走來，頗感驚訝，但還是請他上了船，開始擺渡。

「你選擇了一種美好的生活，」乘客說道，「每日與這河水為伴，駕舟其上，一定非常美妙。」

船夫微笑著搖了搖頭：「如你所說，先生，這生活確實美妙。但是，每種生活、每份工作不都有其美好之處嗎？」

「或許是吧。但我羨慕你的生活。」

「啊，你很快就會失去對它的興趣。這種生活並不適合衣著華麗的人。」

悉達多笑道：「今日，我因這身華服而引人矚目，引人猜疑。船夫，你可願意接受這身衣裳，因為我囊中羞澀，無法支付擺渡的船費。」

「先生說笑了。」船夫笑道。

「我並非說笑，朋友。看，當年你曾渡我過河，未取分文。今日亦然，請接受我的衣裳作為報酬。」

「那先生打算裸身繼續前行嗎？」

「唉，其實我並不願再繼續前行。我最希望的是，船夫，你能給我一件舊圍布，讓我留在你的身邊，做你的助手。更確切地說，做你的學徒，因為我必須先學會如何駕馭這葉小舟。」

船夫凝視著這位陌生人，眼中透露出探尋之意。

「現在我認出你了，」他終於說道，「你曾在我的茅屋裡過夜，那已是很久以前的事了，恐怕已逾二十年。我曾渡你過河，我們如好友般道別。你當時不是一個沙門嗎？我已記不起你的名字。」

「我叫悉達多，你上次見到我時，我的確是一個沙門。」

「歡迎你，悉達多。我叫瓦蘇德瓦。願你今夜再次成為我的客人，在我的小屋中安歇，向我講述你的來處，以及你為何厭棄你的華服。」

他們已行至河流中央，瓦蘇德瓦更加用力地划槳，逆流而上。

他沉著勞作，目光緊盯船頭，雙臂強健有力。悉達多靜坐一旁，注視著他，心中湧起沙門生涯的最後一日時，對這個男人的深厚情誼。悉達多滿懷感激地應允了瓦蘇德瓦的邀請。他們抵達岸邊，悉達多幫瓦蘇德瓦將船繫在木樁上，隨後船夫請他進屋，給他拿來麵包和水。悉達多吃得津津有味，還滿心歡喜地享用瓦蘇德瓦遞來的芒果。

之後，夕陽漸沉，他們坐在河岸邊的樹幹上，悉達多向船夫講述了自己的出身和生活，那些絕望時刻彷彿就在眼前。他的講述一直持續到深夜。瓦蘇德瓦專心聆聽。他傾聽著悉達多的過往、童年、所學、所尋、歡愉與苦難。船夫的諸多美德中，精通傾聽之道尤為出眾，很少有人能及。他不發一語，講述者卻能感受到瓦蘇德瓦如何將言語內化於心，靜靜地、坦然地、耐心地傾聽，沒有遺漏一詞，沒有急切期待，不分心於褒貶，只是全然傾聽。悉達多感到，向這樣的傾聽者敞開心扉，將自己的人生、探尋與痛苦投入其心底，是何等幸福。當故事接近尾聲，悉達多講述至樹旁河畔的絕望、神聖的「唵」，以及沉睡之後對河流生出的深情時，船夫聆聽得更為專注，全心全意，閉目沉浸其中。

然而，當悉達多沉默下來，一陣漫長的寂靜之後，瓦蘇德瓦開口說

〈解說〉

悉達多再次停留在河岸，與船夫一同生活，如今的他捨棄了一切榮華富貴。無須趕路之時，他在思考什麼呢？他與船夫訴說著自己人生的幾十載，眼底淨是炙熱與絕望、激情與空虛，兩種幾乎截然不同的情緒和體悟，構成了悉達多的人生。過去在此刻終止了，終止在船夫和船夫在河邊的茅舍中。悉達多似乎明白了，吾心安處是吾鄉。

道：「正如我心中所想，河流也向你訴說。它也是你的朋友，也向你傾訴。這是好事，非常好。留在這裡吧，悉達多，我的朋友。我曾有妻子，她與我共枕，但她已離世多年，我獨自生活許久。現在，來與我同住吧，這裡有足夠的房間和食物供我們分享。」

「我感謝你，」悉達多說，「我感謝你的邀請，我願意接受。也感謝你如此認真地聆聽我的述說！能領悟傾聽之道的人屈指可數，而像你這樣真正懂得的人更是罕見。關於這一點，我也將向你學習。」

「你將會掌握它，」瓦蘇德瓦說道，「但非源自我。是河流教會我如何傾聽，你也將從它那裡學到。河流知曉一切，我們皆能向它學習。看，你已從水中悟出了追求低處、探尋深處的道理。富貴的悉達多將成為一個擺渡人，博學的婆羅門貴族悉達多將成為一名船夫，這也是河流對你的啟示。你還將從它那裡學到更多。」

悉達多沉思許久，說道：「更多是指什麼，瓦蘇德瓦？」

瓦蘇德瓦站起身來。「夜已深，」他說道，「讓我們安歇吧。我不能向你透露『更多』，朋友。你將會學到，或許，你心中已有答案。看，我並非博學之士，不善言辭，也不懂思考。我只懂傾聽與虔誠，除此之外，我所學甚少。若能傳授與教導，或許我可成為智者，然而我僅是一名船夫，我的職責便是助人渡過這條河流。我已渡許多人過河，成千上萬，他們都將這條河視為途中阻礙。他們為了金錢、生意、婚禮、朝聖而奔波，河流擋住他們的去路，而船夫便是要幫助他們快速度過阻礙。然而，在成千上萬人中，只有寥寥四或五人，對他們來說河流不再是阻礙。他們聽到了河流的聲音，他們側耳傾聽，河流因此變得神聖，正如河流於我而言。現在，我們去休息吧，悉達多。」

悉達多留在了船夫身邊，學會了駕馭小船。在擺渡的閒暇，他與瓦蘇德瓦一同在田間勞作，撿拾柴火，採摘香蕉。他學會了製作船槳，修補船隻，編織籃子，對所學的一切感到歡喜。時光荏苒。然而，河流教給他的東西比瓦蘇德瓦更多。他不斷向河流學習。最重要的是，他向河流學會了傾聽，學會了用心傾聽，以一顆寧靜、敞開、期待的心去傾聽，不帶情感、欲望、評判和偏見。他與瓦蘇德瓦和睦相處，偶爾交流幾句深思熟慮的話。瓦蘇德瓦不喜多言，悉達多說服他開口實非易事。

一次，悉達多問他：「你可曾從河流中領悟到那個祕密：時間並不存在實體？」

瓦蘇德瓦臉上綻放出明亮的笑容。

〈解說〉

船夫擁有一種常人少有的耐心和溫暖。他從奔流不息的河水中學會了傾聽，學會了尋找答案。河水雖然沉默不語，但它默默地承受著一切，感受著一切。河水會給所有聆聽它的人不同的答案，每一個答案只屬於聆聽者自己，屬於他們的內心。而這些答案正如船夫所說，要親自感受一番。

他雖然僅是位老船夫，卻也在渡人過河幾十載的經歷中，尋到了其生命真正的答案。尋得答案的船夫不再僅是船夫，更是自己的聖人。或許，在河水的緘默中，他早已尋到了屬於自己的阿特曼。

「是的，悉達多，」他說道，「你想說的便是此意吧，河流無處不在。在源頭與河口、瀑布與渡口、急流與大海、群山之間，它無處不在，唯有當下，沒有未來的陰影。」

「正是如此，」悉達多說，「領悟到這個道理時，我審視自己的生命，發現它也如一條河流。童年悉達多、成年悉達多與老年悉達多之間，只是被時間陰影所隔，而非真實。悉達多過往的生命並非消逝，他的死亡與重返梵天也非未來。無過去，無將來；一切皆存在，一切皆是真實與當下。」

悉達多滿懷喜悅地說著，因為他已被這番領悟深深觸動。哦，難道一切的痛苦不都是時間的產物？一切的掙扎和恐懼不也是因為時間？一旦超越時間，忘卻時間，世間所有的沉重與敵意難道不都會得以克服與戰勝？他沉醉地說道。瓦蘇德瓦則微笑著點頭，輕撫悉達多的肩膀，然後轉身繼續勞作。

又一次，正值雨季河水暴漲，水浪洶湧，悉達多說：「朋友，河流有很多聲音，非常多的聲音，不是嗎？有國王、戰士、公牛、夜鶯、產婦、歎息者之聲和千萬種其他聲音，不是嗎？」

「正是如此，」瓦蘇德瓦點頭說道，「所有生靈的聲音都在其中。」

「如果你能同時聽到它的萬種聲音，你可知道，它所說的是哪一個字？」悉達多接著說道。

瓦蘇德瓦面帶幸福的笑容，向悉達多低語那個神聖的「唵」字。這也正是悉達多曾聽到的。時間流逝，他的笑容與船夫的笑容愈來愈像，幾乎同樣燦爛，同樣被幸福照亮，同樣細紋密布，同樣天真，同樣老邁。

許多旅人見到這兩名船夫，都以為他們是兄弟。他們常在傍晚時分，一同坐在河岸邊的樹幹上，靜靜聆聽河水的聲音。在他們耳中，那不僅僅是水流之聲，還是生命之聲、存在之聲、永恆變化之聲。有時，兩人在聆聽河流時會同時想到相同的事物，想起過去的談話、旅途中的面孔、生死、童年。當河流給他們帶來美好的啟示時，他們會在同一時刻相互凝視，心照不宣，因同樣的答案而感到歡喜。

一些船客從兩名船夫身上感受到某種獨特的氣息。有時會有船客凝視其中一名船夫的臉龐，然後開始講述自己的生活，傾訴痛苦，懺悔罪惡，尋求慰藉和指引。有時，有旅人會請求在船夫家中借宿一晚，只為靜聽河流的聲音。也有好奇之士，聽聞此處有兩位智者、法師或聖人，便前來探訪。他們好奇心切，提出諸多問題，卻未得到任何答覆。他們

〈解說〉

一切都是當下和本質，正是曾經的種種塑造了如今的悉達多，任何一段經歷都是不可或缺的。而對始終停留在那裡的河水來說，時間並不存在，未來更不存在。

那個年少時曾追尋阿特曼的悉達多也不復存在了。因為此刻的悉達多知道，能夠把握住的只有當下，而非未來。彼岸就在腳下，只需要看到它，順其自然就好。放下對時間的禁錮、掌控，放逐時間，一切也就隨著時間不復存在了。在他們眼中，此刻的河水不再僅是河水，還是生命、存在和永恆。悉達多自己又何嘗不是如此呢？

未見到法師或智者，只見到兩位沉默寡言、古怪愚鈍的老者。好奇者笑著談論民間散布的謠言是多麼愚蠢，惹人輕信。

歲月如梭，無人細數。某日，一群僧人匆匆而至，他們是佛陀喬達摩的弟子，請求渡河。船夫得知他們急於返回佛陀身邊，因為傳言佛陀已病重，即將離世，進入涅槃。不久之後，一批批的僧侶匆匆而至，他們與眾多旅人和遊子談論佛陀與他即將到來的涅槃。宛如戰士奔赴戰場或國王加冕這樣的盛事，眾生紛紛湧向佛陀圓寂之地，如同蟻群匯聚，好似由一股神祕之力牽引。在那裡，一件非凡之事即將發生，偉大的佛陀即將步入輝煌的至高境界。

在那位智者、偉大的導師即將離世之時，悉達多心中充滿了對他的追憶，他的聲音曾激勵無數靈魂，也曾喚醒千千萬萬的人。悉達多也曾

〈解說〉

學會傾聽、尋得永恆的悉達多憶起了自己與佛陀交往的經歷，憶起了他曾聆聽佛陀的教義，與他論辯，也理解了真正的教義，接受了他的教義和目標。此刻的悉達多不再迷惘，此刻的他與佛陀曾經的樣子也相差不大了吧。

聆聽過他的聲音，懷著敬畏之情凝視過他那神聖的面容。悉達多心懷愛意地回憶起他，眼前浮現出他通往圓滿的道路，笑著想起自己年輕時曾對世尊說過的話。那些話傲慢又世故，如今想來，仍讓人不禁會心一笑。儘管他並未接受喬達摩的教義，但他早已知道自己與佛陀密不可分。不，真正的求道者不會接受任何教義，因為他渴望真正地發現真理。然而，那些已經尋得真理之人，能夠以寬容之心對待任何教義、任何道路、任何目標，不再與那些生活在永恆之中、呼吸著神性氣息的萬千眾生有所隔閡。

在佛陀臨終之際，眾多信徒紛紛前去朝拜，其中也有昔日風華絕代的名妓迦摩羅。她早已告別過往的生活，將她的花園獻給了佛陀的弟子，尋求佛法庇佑，成為朝聖者的朋友和施主。聽聞佛陀喬達摩即將圓寂，她帶著兒子小悉達多，身著簡樸的衣衫，步行踏上朝聖之路。她帶著兒子行至河邊。然而，年幼的孩子很快便疲憊不堪，哭著要回家，要休息，要食物。迦摩羅常要停下來陪他歇息，他常常與她作對，她還得餵他、安慰他、斥責他。孩子不解，為何要跟隨母親踏上這艱辛而漫長的朝聖之旅，前往一個陌生的地方，去見一位即將離世的聖者。那人離世，與他有何相干？

當朝聖的人群行近瓦蘇德瓦的渡口時，小悉達多又一次要求母親停下來歇息。迦摩羅也已疲憊不堪，趁著孩子吃香蕉時，她席地而坐，閉目養神。突然，她發出淒厲的尖叫，孩子驚恐地看著她，她臉色慘白，一條黑色小蛇從她裙下竄出。迦摩羅被蛇咬傷了。

他們急忙沿路尋人求助，臨近渡口，迦摩羅突然癱倒在地，無法繼續前行。孩子邊淒厲哭喊，邊擁抱、親吻母親，迦摩羅也與孩子一同呼救，直至聲音傳到站在渡口的瓦蘇德瓦耳中。他立刻趕來，將迦摩羅抱起，帶她上船，孩子緊隨其後。很快，他們回到小屋，悉達多正站在爐旁生火。他抬起頭，首先看到了孩子的臉，那張臉讓他感到似曾相識，勾起了他對往昔的回憶。接著，他看到了迦摩羅，雖然她在船夫懷中昏迷不醒，但他立刻便認出了她。此時，他意識到那孩子便是自己的兒子，那張臉喚起他的記憶，他的心中泛起波瀾。

他們為迦摩羅清洗傷口，但她的傷口已經發黑，身體也腫脹起來。他們餵她服下草藥，迦摩羅恢復了意識。她發現自己身處小屋，躺在悉達多的床上，而她曾深愛的悉達多正在她身旁，俯身望著她。她微笑看著昔日戀人的臉龐，彷彿做夢一般。慢慢地，她意識到自己的處境，想起被蛇咬傷的事情，焦急地呼喚男孩。

「他在你身邊，不必擔憂。」悉達多說道。迦摩羅凝視著他的眼睛，因為蛇毒而說話吃力。「你已老去，我的愛人，」她說，「你的頭髮已經斑白。但你仍像那個年輕的沙門，那個曾經赤裸雙腳、沾滿塵埃來到我花園的人。比起當年你離開我和伽摩施瓦彌的時候，現在的你與那時的沙門更為相似。你的眼神與他一樣，悉達多。啊，我也已經老去，你還能認出我嗎？」

悉達多微微一笑：「我立刻便認出了你，我的愛人，迦摩羅。」

迦摩羅指向她的孩子，說：「你也能認出他嗎？他是你的兒子。」

她的眼神變得迷離，雙眼慢慢閉上。孩子淚流不止，悉達多將他抱在膝上，輕撫他的頭髮。看著孩子的臉龐，他想起了一首兒時學過的婆羅門禱詞。他用柔和而悠揚的聲音開始吟唱，歌聲中流淌著往昔和童年的記憶。在他的歌聲中，孩子逐漸平靜，偶爾抽泣幾聲，最後沉沉入睡。悉達多將他安置在瓦蘇德瓦的床上。瓦蘇德瓦正站在爐邊煮著米飯。

悉達多看他一眼，他微笑回應。

「她快死了。」悉達多輕聲說道。

瓦蘇德瓦點了點頭，火光在他慈祥的面龐上跳躍。

迦摩羅再次甦醒過來，痛苦使她面容扭曲。悉達多從她緊抿的嘴唇和蒼白的面頰中讀到她的痛苦。他默默守護，專注而耐心，全然沉浸在她的痛苦中。迦摩羅感受到這份關愛，她的目光尋覓著他的眼睛。

當與他的目光相遇時，她說：「現在我看到，你的眼睛已經不同。

我是怎麼認出你的？你既是悉達多，又不再是悉達多。」

悉達多默然不語，靜靜凝望著她的眼睛。

「你找到它了嗎？」她問，「你找到安寧了嗎？」

他微微一笑，把手放在她的手上。

「我看到了，」她說，「我看到了。我也要找到安寧。」

「你已找到。」悉達多低聲說道。迦摩羅直視他的眼睛。她想到自己曾渴望朝拜喬達摩，一睹聖人的風采，感受他的安寧。而現在她找到了他，這份相遇與見到那位聖者一樣美好。她想告訴他，但她的舌頭已不再聽從她的意志。她默默地看著他，而他從她眼中看到了生命的消逝。隨著她眼中最後一抹痛苦湧現與消散，隨著她身體最後一次顫抖，他輕輕闔上了她的眼簾。

他靜坐良久，注視著她沉睡的臉龐。他長久地凝視著她的嘴唇，那曾經飽滿而如今卻蒼老、疲憊的嘴唇，回憶起年輕時，自己曾把這嘴唇比作初熟的無花果。他靜坐許久，凝視著她蒼白的面龐、疲憊的皺紋，內心被這景象占據。他彷彿也看到自己的面容，同樣地蒼白和黯淡無光。他又看到兩人年輕時的模樣，紅唇如烈焰、目光如火炬。那一瞬間，他完全被現在與過去同在的感覺穿透，感受到了永恆。在那一刻，他比以往任何時候都更深刻地感受到每個生命的堅不可摧，每個時刻的永恆。

當他站起身時，瓦蘇德瓦已為他準備好米飯。悉達多並未進食。兩位老人在羊圈裡鋪好草墊，瓦蘇德瓦便躺下休息，但悉達多走了出去，整夜坐在小屋前，傾聽著河流的聲音，被往事淹沒，同時又被他生命中的所有時刻所觸及和包圍。但他時而會起身步行至茅屋門前，靜聽孩子是否沉睡。清晨，在晨曦初現之前，瓦蘇德瓦從羊圈中走出，來到他朋友身邊。

「你未曾休息。」他說。

「是的，瓦蘇德瓦，我在此靜坐，聆聽河流之聲。它向我訴說了許多，使我內心充滿了圓滿統一的思想。」

「你雖歷經痛苦，但我卻未在你心中看到悲傷。」

「不，親愛的朋友，我怎會感到悲傷？昔日我曾富有、幸福，現在我愈發富足，幸福更甚。因為我的兒子已來到我的身邊。」

「我也同樣歡迎你的兒子。現在，悉達多，讓我們開始勞作吧，還有許多事要做。迦摩羅在我妻子當年離世的那張床上去世。在那座山丘上，我曾搭起柴堆，焚化我的妻子，如今我們也將為迦摩羅搭起柴堆。」

趁著孩子仍在沉睡，他們搭起了柴堆。

〈解說〉

愛人迦摩羅的去世給了悉達多一記重創。他憶起二人曾經的歡愉，更加理解了生命轉瞬即逝，剎那便是永恆。這一瞬，近乎所有的思想都具象化了。

迦摩羅對悉達多來說是逝去，也是永恆。而他們的孩子則是新生，更是悉達多自己的新生，是最初的，死而重生後的他自己。

第二部

受到驚嚇的孩子淚眼婆娑地參加了母親的葬禮，陰鬱而畏懼地聽悉達多喚他為兒子，說歡迎他來到瓦蘇德瓦的小屋。他坐在墳前，面色蒼白，幾日不曾進食，緊閉雙眼，封閉心靈，不願接受命運的安排。

悉達多愛護他，隨他任性而為，尊重他的悲痛。他理解兒子並不認識他，也很難像孩子愛父親那般對他充滿愛意。漸漸地，悉達多也看出，這個十一歲的孩子自幼便備受寵愛，習慣了富裕的生活，習慣了精緻的飲食、舒適的床榻以及號令僕人。悉達多明白，這個被寵壞的悲傷孩子，不可能在突然間欣然接受異鄉與貧困的生活。他並未強求孩子，而是幫他做事，總是為他尋找最好的食物。他耐心友善，期待以此慢慢贏得孩子的心。

當孩子剛來到他身邊時，他曾說自己富有且幸福。但隨著光陰流逝，孩子仍舊冷漠而陰鬱，傲慢又固執，不願勞作，對長者缺乏敬意，盜取瓦蘇德瓦的水果。於是，悉達多開始明白，兒子給他帶來的不只是幸福和安寧，還有痛苦和憂慮。但他依舊深愛孩子，寧願承受因愛而生的痛苦與憂慮，也不願要那沒有孩子的幸福和快樂。

自小悉達多來到茅屋，兩位老人便分擔勞作。瓦蘇德瓦重新獨自擺渡，而悉達多為了陪伴兒子，便負責家中與田間的活計。

在漫長的等待中，悉達多盼望兒子能夠理解他，接受他的愛，期盼或許有一日兒子能夠有所回應。數月以來，瓦蘇德瓦也一直耐心等待，默默守候。一日，小悉達多再次以倔強和任性折磨他的父親，甚至將兩只盛著米飯的碗摔得粉碎。瓦蘇德瓦於夜晚將他的好友拉到一旁，與他促膝長談。

「請你諒解，」他說，「我是出於善意與你交談。我看見你痛苦不堪，憂心忡忡。親愛的朋友，你的兒子，讓你憂慮，也讓我憂慮。年輕的鳥兒習慣了另一種生活，另一個溫暖的巢穴。他不像你，是因為厭惡和厭倦而逃離財富和城市，他是被迫放棄了那些。我曾向河流請教，哦，朋友，我已無數次地向它尋求答案。但河流只是嘲笑，它嘲笑我，嘲笑你，對我們的愚昧搖頭歎息。水歸於水，青年人歸向青年人，你的兒子並未處於能夠讓他茁壯成長的環境。你也應該去詢問河流，去傾聽它的聲音！」

悉達多悲傷地望著朋友那布滿皺紋卻始終保持快樂的臉龐。

「我怎能與他分離？」悉達多帶著羞愧輕聲說道，「給我一些時間，親愛的朋友！看啊，我正在努力爭取，我要用愛和耐心去贏得他的心。

終有一日，河流也會對他訴說，他也在受到河流召喚。」

瓦蘇德瓦的笑容更顯溫情。「是的，他也在受到河流的召喚，他也來自永恆之生。但我們，你和我，是否知道他被召喚去完成什麼，走哪條道路，要做什麼，承受什麼苦難？他將要承受的苦難絕不會少，因為他的心如此驕傲而堅硬。這樣心高氣傲的人必將經歷許多苦難，許多迷茫，許多錯誤，承擔許多罪孽。告訴我，親愛的朋友，你是否未曾教育你的兒子？你是否未曾強迫他？是否未曾鞭策他？是否未曾懲罰他？」

「是的，瓦蘇德瓦，這些我都未做過。」

「我知道。你不會強迫他，不會打他，不會命令他，因為你明白，柔比剛更有力量，水比岩石更勝一籌，愛比暴力更加強大。很好，我讚賞你。但你是否認為，不加強制、不加懲罰，就不算一種過錯？難道你不是在用愛束縛他嗎？沒有每日用你的善良和耐心讓他感到更加羞愧嗎？沒有迫使那傲慢而任性的孩子，與兩個以香蕉為食並認為米飯已是美食的老人，一起生活在小屋中嗎？他們的思想不可能與他相同，他們的心已經老去、寧靜，與他的心所走的道路不同。難道他真的沒有受到強迫，沒有受到懲罰嗎？」

悉達多心情沉重地凝望著大地，他輕聲問道：「你說我該如何做？」

瓦蘇德瓦回答說：「帶他去城裡，到他母親家中，如果那裡還有僕人，把他交給他們。如果已無僕人，便帶他去找一位老師，不是為了學習知識，而是為了讓他結識其他孩子，走進屬於他的世界。難道你從未考慮過這些？」

「你洞悉了我的心思，」悉達多悲傷地說，「我常常思考這個問題。

但你看，我怎能把這沒有溫柔之心的孩子交給這個世界？難道他不會變得驕奢，沉迷於欲望和權力，重蹈他父親的覆轍，甚至徹底迷失在輪迴之中嗎？」

船夫的笑容明亮燦爛，他溫柔地拍拍悉達多的手臂，說：「去問問河流吧，朋友！聽，它正在發笑！難道你真的認為，你所做過的愚蠢之事，是為了讓你的兒子免受苦難嗎？你真的能保護你的兒子免於輪迴之苦嗎？如何保護？通過教誨、祈禱、忠告嗎？親愛的朋友，難道你已經忘記那個教訓深刻的故事了嗎？那個你曾在此向我講述的、婆羅門之子悉達多的故事。是誰保護了沙門悉達多免於輪迴、罪惡、貪婪和愚昧？他父親的虔誠、老師的忠告、他自己的知識、他自己的追求能夠保護他嗎？又有哪個父親、哪個老師能夠保護他，使他不必親身經歷人生，不必讓生命受到玷汙，不必背負罪惡，不必品嘗苦酒，不必找到自己的道路？你真的相信，親愛的朋友，有誰可以完全免於走這樣的道路？或許你的兒子可以，因為你深愛他，因為你不願他遭受痛苦、悲傷和失望？但即使你為他赴湯蹈火十次，也無法讓他的命運之重減輕分毫。」

瓦蘇德瓦從未說過如此多的話。悉達多感激地向他道謝，心情沉重地回到小屋，整夜輾轉難眠。瓦蘇德瓦的話，他並非沒想過，也並非不明白。但他無法將這份認知付諸實踐，因為他對孩子的愛，他的深情，他對失去孩子的恐懼，比他的認知更強烈。他是否曾如此沉迷於某個事物，曾如此深愛過某個人，如此盲目、痛苦、徒勞而又幸福？

悉達多無法聽從朋友的勸告，放棄自己的兒子。他任由孩子發令，任由他忽視自己。他沉默、等待，日復一日地以溫柔之心進行無聲的較

〈解說〉

▶沒有人能夠創造出一條無憂無慮、幸福平坦的成長道路，人生需要自己去體驗和經歷。在體驗中頭破血流，不可避免。每個人都有屬於自己的命運，也擁有選擇的權利，小悉達多的命運最終還是要歸於塵世。

▶兒子的出現讓悉達多再次淪為塵世中人，不過這一次是因為愛與責任。他忍耐著孩子帶給他的痛苦，經歷著世人口中真正的愛恨。他捨不得將孩子送走，不忍心讓他經歷自己經歷過的一切。孩子的出現，讓悉達多再次沉入輪迴。但這次輪迴讓悉達多更加接受自己，只是去經歷，去感受，而不加批判，更不絕望。

量，耐心地默默抗爭。瓦蘇德瓦也默默等待，友善、睿智、充滿耐心。在耐心這門技藝上，他們都是大師。

曾有一次，孩子的臉龐讓他想起了迦摩羅。他突然想起年輕時迦摩羅曾對他說過的話：「你不懂愛。」他當時同意她的話，將自己比作星辰，將世人比作落葉，然而他當時也從這話中感受到一絲責備。事實上，他從未完全投入地愛別人，忘卻自我，為了愛做出蠢事。他從未能做到這一點，而這，在他看來，正是他與世人的最大區別。可自從兒子出現，悉達多就變成一個凡人，為某個人受苦，為某個人而愛，為一份愛而失落，為一份愛而變得愚蠢。現在，雖然遲了，但在一生中，他也體會到了這種最強烈、最奇特的激情，讓他遭受痛苦，受盡折磨，卻又感到滿足，煥然一新，更加充實。

他深知這種愛，這種對兒子盲目的愛，是一種非常人性的東西，這種愛是一種激情，是輪迴，是渾濁之源，是黑暗之水。然而，他同時也感到，這種愛並非毫無價值。它不可或缺，源自他內心深處的本性。他願為自己的欲念懺悔，願體驗其中的痛苦，願犯下這些愚行。

這段時間，他的兒子總讓他犯下愚行，讓他奔波，讓他每日在他的脾氣面前受辱。這位父親既無法讓他歡欣鼓舞，也無法讓他畏懼。這位父親是個好人，一個仁慈、寬容、溫和的人，或許非常虔誠，甚至可能是個聖人。然而，這些品質並不能贏得孩子的心。

孩子覺得這個將他囚禁在破舊小屋中的父親令人厭煩，他用微笑回應自己的每一次頑皮，用友善回應自己的每一次侮辱，用善良回應自己的每一次惡行，這簡直是老狐狸最令人厭惡的詭計！孩子寧願被他威脅，被他虐待。

終於，小悉達多壓抑到極點，公然反抗他的父親。那天，父親命他去拾柴，但孩子不肯離開小屋，憤怒地站在原地，跺腳、揮拳，怒吼著向父親宣洩憎恨和蔑視。

「你自己拾柴去吧！」他口沫橫飛地吼道，「我並非你的僕從。我知道你不會打我，你沒那個膽量。我清楚你一直想用你的虔誠和寬容來懲罰我，貶低我。你希望我變得跟你一樣，一樣虔敬、一樣溫和、一樣睿智！但我告訴你，我寧願成為一個強盜、一個殺人犯，寧願墜入地獄，也不願變得如你一般！我憎恨你，你不是我父親，哪怕你曾做過我母親十次的情夫！」

憤怒和悲傷在他心中翻騰，化作無數粗野惡毒的話語，向他父親湧去。然後孩子奪門而出，直到深夜才回來。但次日清晨，他便消失無蹤。一同消失的，還有那只由兩色粗布編織而成的小籃子，船夫們將渡河所得的銅幣、銀幣存放其中。還有他們的小船，悉達多看到它停在對岸。孩子已不知去向。

「我必須追上他，」悉達多說道，自那日孩子朝他憤怒咆哮之後，他便心如刀割，「一個孩子怎能獨自穿越森林？他必將遭遇不幸。我們得紮個竹筏渡河，瓦蘇德瓦。」

「我們會紮一個竹筏。」瓦蘇德瓦說，「為了取回孩子偷走的小船。不過，你該放他離開，朋友，他已不是幼童，他懂得如何自救。他正在尋找通往城裡的路，他是對的，切莫忘記。他正在做你該做卻未做的事。他會照顧自己，他在走自己的路。唉，悉達多，我看見你在受苦，但你的痛苦令人發笑，不久之後，你自己也會對此付之一笑。」

悉達多沒有回答。他已經拿起斧頭，開始紮竹筏，瓦蘇德瓦幫他用草繩綁好竹竿。他們划向對岸，被河水沖得很遠，最終到達對岸，將竹筏拖到岸上。

「你為何要帶上斧頭？」悉達多問。瓦蘇德瓦答道：「我們的船槳或許已經丟失。」

悉達多明白他朋友心中所想。他猜孩子可能為了報復，將船槳丟棄或破壞，來阻止他們追趕。果不其然，船上已無船槳。瓦蘇德瓦指著船底，含笑望向悉達多，彷彿在說：「你難道看不出，你的兒子試圖向你訴說什麼？你難道感覺不到，他不願被人跟隨？」然而，這番話他並未言明。他開始製作新槳。悉達多向他告別，去尋找那離去的孩子。瓦蘇德瓦並未加以阻攔。

悉達多於林間徘徊甚久，漸漸覺得尋覓或為徒勞。他思忖，那孩子或已抵達城裡，即便仍在途中，也定會隱匿行蹤，躲避追尋。他繼續深思，發現自己並不為兒子感到擔憂，他內心深知，兒子並沒有遭遇不測，也不會在林中遇到危險。儘管如此，他依舊不停奔跑，並非為拯救，而是出於渴望，渴望再見他一面。他一路奔跑，直至城郊。

沿著寬闊的道路靠近城市，悉達多在那座曾屬於迦摩羅的花園門前駐足，他曾在那裡第一次遇見坐在轎中的她。過去在他的頭腦中浮現，他再次看到自己站在那裡，一個年輕、蓄鬚的沙門，衣不蔽體，頭上滿是塵埃。他佇立良久，沉思著，看著往事如畫卷般展現，聆聽著自己生命的故事。他站了許久，目光穿過僧侶們的身影，卻只見年輕的悉達多和年輕的迦摩羅在樹下漫步。他清晰地憶起自己如何被迦摩羅款待，如何接受她的第一個吻，如何帶著驕傲與輕視回顧自己的婆羅門身分，自豪而充滿渴求地開啟了世俗的生活。他看到伽摩施瓦彌，看到僕從、宴席、賭徒、樂師，看到迦摩羅籠中那隻會唱歌的鳥。他再次體驗這一切，再次感受輪迴，再次變得衰老與疲憊，再次感受厭惡，再次渴望自我毀滅，再次在神聖的「唵」中獲得新生。

在花園門前佇立良久，悉達多終於明白，那份驅使他來到這裡的渴望是多麼愚蠢，他無法幫助自己的兒子，也不該留住他。他內心深切地感受到對逝去之人的愛，如一道傷痕。同時他也知曉，這道傷痕並非是用來沉浸的，而是為了綻放、盛開，散發光芒。

然而此刻，這道傷痕尚未綻放，亦未放光，卻使他充滿悲傷。那原本驅使他來到這裡、追尋離去兒子的願望，如今已化為虛無。悲傷之下，他坐了下來，感受著心中某物的消逝，體驗著空虛，再也看不到任何喜悅和目標。他沉默地坐著，等待著。這是他向河流所學到的：耐心等待，聆聽內心。他坐在塵土飛揚的路旁，聆聽著，傾聽著那顆疲憊而憂傷的心，靜候著一聲呼喚。他在傾聽中消磨了幾個鐘頭，不再有影像在眼前浮現，他沉浸在虛空中，任由自己慢慢沉淪，卻看不到前路。每當那傷痛如火焚燒，他便無聲默唸「唵」，讓「唵」充滿自己。園中的僧侶見他久坐不動，灰髮上積滿塵土，便有一人前來，將兩根香蕉輕輕放在他的面前。然而，他並未察覺。

直至一隻手輕觸他的肩膀，他才從沉思中甦醒。他立刻認出這輕柔、羞澀的觸碰，回過神來。他站起身，向跟隨而至的瓦蘇德瓦問好，目光落在瓦蘇德瓦那充滿笑意、布滿皺紋的臉龐和明亮的眼眸上，也露出了微笑。這時，他才看到眼前的香蕉，拿起一根遞給船夫，自己吃了一根。隨後，他與瓦蘇德瓦默不作聲地回到林中，回到渡口。今日所發生的一切，無人談論。那孩子的名字、他的逃離、心中的傷痛，都無人提及。悉達多回到茅屋，躺臥在床榻之上。

片刻之後，瓦蘇德瓦端來一碗椰子奶，卻發現他已經沉睡。

〈解說〉

悉達多對兒子深沉的愛，是他塵世體悟中最為深沉的部分，然而為他付出的愛都像河水一樣流走了。面對過於沉重的愛，兒子選擇了「出逃」。就像當年悉達多「道別父親，成為沙門」一樣，小悉達多也在新的輪迴中開啟屬於自己的修行之路。

兒子的逃離再一次讓悉達多陷入空無，哪怕僅是一瞬。悉達多回到了自己曾經生活的宅邸，感知著一切，回憶著一切，再一次歷盡輪迴、痛苦、虛妄與空無。他離聖人更近了一步，也再一次有了凡人的所思、所畏。

第二部

那傷口仍灼痛了很久。每當有攜帶兒女的旅人過河，悉達多都會羨慕地望著他們，心中暗想：「那麼多人，成千上萬的人都擁有這份最珍貴的幸福，為何我卻無法擁有？即便是惡人、竊賊和強盜也有子女，也愛他們的孩子，也能得到孩子的愛，唯我孤獨一人。」想法如此簡單，如此沒有理智，他如今已變得與那些俗世之人無異。

現在，他看待人們的眼光已經不同於往日，不再那樣聰明，那樣驕傲，但卻更加熱情，更加好奇與投入。當他渡那些普通旅客、商販、士兵和婦女過河時，這些人在他眼中已不再像過去那般陌生。他理解他們，他理解和分享他們的生活，不是通過思想和洞察，而是通過衝動和欲望，他感到自己與他們一樣。儘管他即將圓滿，身上仍帶著最後一道傷痕，但這些普通人在他看來，卻是他的兄弟。他們的虛榮、貪婪和愚昧不再讓他感到可笑，而是變得可以理解、可愛，甚至值得尊敬。母親對她孩子盲目的愛，自負的父親對愚蠢獨子的自豪，虛榮的年輕女子對珠寶和男人的讚美的狂熱追求。如今對悉達多來說，所有這些衝動，這些幼稚的行為，這些簡單而愚蠢，卻又強烈、充滿活力的欲望和渴求，已不再是幼稚之事。他看到人們為這些而活，為這些而去無休止地忙碌，旅行、戰鬥、承受痛苦、忍耐一切，因此他愛他們。他看到每一個激情、每一個行為中的生命力，以及堅不可摧、不滅的梵天。這些人以其盲目的忠誠、堅強和不屈，受人敬佩和喜愛。他們無所欠缺，智者和思想家在他們面前也無任何優勢，除了一件微不足道的小事——對所有生命統一性的自覺思考。然而，悉達多有時甚至懷疑這知識、思想的價值，它是否也許只是思考者的幼稚。在其他方面，世俗之人與智者平起平坐，常常超越智者，正如野獸在某些必要時刻頑強、不受控制的本能行為，似乎比人類更勝一籌。

一種認識在悉達多內心深處慢慢萌芽，慢慢成熟，一種對真正智慧的理解，這是他長久以來追尋的目標。這只是一種靈魂的準備，一種能力，一種神祕的藝術，能在生活的每一瞬間，思考合一，感受合一，呼吸合一。這認識在悉達多的內心慢慢綻放，從瓦蘇德瓦那孩童般的蒼老面龐上映射出來：和諧、對世界永恆完美的認識、微笑、統一。然而，傷口仍在灼燒，悉達多渴望而痛苦地思念著他的兒子，他把愛和溫柔藏在心中，讓痛苦侵蝕自己，犯下所有愛的愚行。這痛苦的火焰並未自行熄滅。

直到一日，當傷痛劇烈燃燒時，在渴望的驅使下，悉達多過了河。上岸後，他決定前往城裡尋找他的兒子。

〈解說〉

悉達多歷盡千帆，承受了世間苦難，終於在此刻真正地融入塵世。對他而言，曾經的生活不過是為了尋求某個答案的經歷與感受。他依舊厭惡、不解、嘲笑如孩童般的世人。直到他意識到自己也是其中的一員，而並非思想者或不斷向前的聖人時，一切才都得以統一，達到圓滿。在統一和圓滿中，他找到了生命之河，那永恆之河，讓他領悟了真正的阿特曼。

正值乾燥季節，河水悄然流淌，但它的聲音卻不同尋常，它在笑，笑聲清晰可聞。河流在嘲笑這年老的船夫，它的笑聲明亮而清澈。悉達多停下腳步，俯身靠近水面，想要更清晰地聆聽。在靜靜流淌的河水中，他瞥見了自己的臉龐，倒影中有一些東西喚起了他的回憶，那是一些已被遺忘的往事。他細細回味，尋到了答案：這張臉龐與他曾經熟悉、深愛、敬畏的一位長者如此相似，與他的父親——那位婆羅門的面容如出一轍。

他回憶起當年，年輕的他迫使父親同意他去修行，離別時那般決絕，離家之後，再未回去。父親不也曾因他遭受痛苦，與他現在為兒子所受的苦一樣嗎？父親不是早已孤獨離世，未能再見兒子一面嗎？難道他自己不也將面臨同樣的命運？難道這不是一齣荒誕而愚蠢的喜劇？這種重

〈解說〉

當父親的面孔與悉達多的面孔相融時，一場宿命的輪迴開始了，悉達多擁有了與父親相同的感受。在此刻，他理解了當年父親的無可奈何與現在兒子的毅然決然。

只是如今，如何坦然處理與兒子的關係，成為悉達多這位父親自我修行的一部分。他因為太愛兒子，而將他困在自己身邊，他的極大寬容並未換來兒子遵從自己的安排。實際上，兒子也受他自己內心的指引，他的逃離，就像當年的悉達多開啟自己的路一樣，他將成為另一個「悉達多」。

複，這種在悲慘迴圈中的奔跑，不正是一場奇怪的輪迴嗎？

河流在笑。是的，正是如此，一切未曾圓滿的往事終將重現，相同的苦難將不斷地重複。悉達多回到船上，駛回小屋，想著他的父親，想著他的兒子，被河水嘲笑，與自己的內心爭執不休，既陷入絕望，又忍不住放聲大笑，對自己及世界皆感到荒謬。啊，儘管他的傷痛尚未平復，心中對命運的抗爭尚未覺醒，痛苦中的喜悅與勝利之光尚未顯現，但他仍懷揣著希望。當他重返小屋，他迫切地渴望向瓦蘇德瓦敞開心扉，向這位擅於傾聽的大師傾訴一切。

瓦蘇德瓦正坐在屋中編織籃子。他已不再駕船，不僅視力逐漸衰退，連手臂和雙手也不再有力。唯有他臉上的喜悅與和煦的善意依舊如初，永不凋零。

悉達多坐在老者身旁，開始緩緩傾訴。那些從未談及之事，如今他皆娓娓道來。之前踏入城內，他內心灼痛，羨慕那些快樂的父親，明知這些渴望的愚昧，仍與它們徒勞地抗爭。他毫無保留地傾訴，包括最難以啟齒的事情，一切都能說出，一切都能展現，一切都能講述。他揭示自己的傷痛，也講述今日的逃離，講述他如何乘船渡河，懷著孩子般的心情，想要回到城裡，而河流又如何嘲笑他。

在他漫長的敘述中，瓦蘇德瓦默默地傾聽。悉達多感受到這傾聽的力量比過去任何時候都要強大，他的痛苦與憂慮如河水般流過，那隱祕的希望也從對岸流回。向這位傾聽者揭示自己的傷口，如同在河流中沐浴，直至傷口冷卻，與河水融為一體。悉達多還在訴說、懺悔之時，他逐漸意識到，那已非瓦蘇德瓦，也非血肉之軀，這個靜默的傾聽者已將他的懺悔納入自己，如同樹木吸納雨水一般。他是河流，他是神明，他是永恆。悉達多不再思考自己和自己的傷痛，漸漸認識到瓦蘇德瓦本質的變化。愈是深入地感受這種變化，愈是覺得一切順理成章，自然而然，彷彿瓦蘇德瓦向來如此，只是他自己未曾徹底領悟。即使是他自己，也幾乎沒有變化。他感到，現在他看待瓦蘇德瓦，就如眾生仰望神明。但這不會持續太久，他開始在內心深處與瓦蘇德瓦默默告別。

當他說完，瓦蘇德瓦投來友善而柔和的目光，默默無語，卻以沉默傳遞著愛與寧靜，理解與寬容。他握住悉達多的手，將他帶至河畔，一同坐下，對著河流微笑。

「你曾聽到它在笑，」他說，「但你尚未聽到全部。讓我們繼續聆聽，你會聽到更多。」

〈解說〉

悉達多訴說著，傾聽著，與周遭的一切融為一體，深刻地體悟……他將船夫視為神明和永恆的化身，又或許不僅是船夫，還有那奔流不息的河水，也是其化身。悉達多知道，自己該與此處告別了。

他們靜靜聆聽。河流的萬千種歌聲悠揚而和諧。悉達多注視著河水，水中映出種種景象：他的父親孤身一人，為失去兒子而哀傷；他自己孤身一人，也被對遠方兒子的思念所牽絆；他的兒子亦孤身一人，懷著無盡的欲望，急切地在他年輕時的欲望之路上狂奔。每個人都朝著自己的目標前進，每個人都癡迷於目標，每個人都在受苦。河流以悲傷之聲歌唱，帶著渴望的旋律流向它的目標，聲音中帶著哀怨。

「你聽見了嗎？」瓦蘇德瓦默默以目光問道。悉達多點頭。

「再仔細聆聽。」瓦蘇德瓦低語。

悉達多努力更加專注地聆聽。父親的形象、他自己的形象、兒子的形象漸漸融合，迦摩羅的形象也顯現並消融，還有喬文達的形象和許多其他形象，它們彙集在一起，都變成河水，懷著渴望、欲望和痛苦，向目標奔流而去。河水的聲音充滿渴望，充滿熾熱的痛楚，充滿無窮的嚮往。河流向著目標奔流，悉達多注視著它急流向前。這河流由他、他的親人和所有他曾遇見的人們匯聚而成，所有的波浪和水流都於痛苦中向瀑布、湖泊、急流、大海等眾多目標湧去，每個目標都得以實現，隨後又迎來新的目標。水化作蒸汽升入天際，化作雨滴從天上降落，變成泉水、溪流、河流，再次啟程，再次流淌不息。然而，那充滿渴望的聲音已變了模樣。它依舊帶著痛苦，尋覓著什麼，但有其他聲音加入其中：歡樂與悲傷的聲音，善良與邪惡的聲音，歡笑與哭泣的聲音，成百上千種聲音。悉達多傾耳聆聽。他此刻完全沉浸在傾聽之中，徹底放空，全然吸收。他感到自己現在已學會傾聽的本領。儘管曾無數次聽過這河流中的聲音，但它們今天卻顯得格外不同。如今，他已無法分辨眾多聲音之間的界限，快樂與悲傷、童稚與成熟的聲音已融為一體，渴求的哀歌與智者的歡笑、憤怒的呼喊與垂死之人的呻吟，一切都合為一體，交織在一起，千回百轉。所有的聲音，所有的目標，所有的渴望，所有的痛苦，所有的歡樂，所有的善惡，一起構成了這個世界。這一切共同匯聚成生命之河，成為生命的樂章。悉達多聆聽著河流，這首千聲之歌。他不再只聆聽痛苦或歡笑，不再將心靈固定於任何一種聲音，而是傾聽一切，感知合一。於是，那首由無數聲音匯聚成的壯麗樂章，最終彙集成一個字──「唵」，意味著圓滿。

「你聽到了嗎？」瓦蘇德瓦再次以目光詢問。

瓦蘇德瓦的笑容明亮耀眼，在他布滿皺紋的面龐上閃爍，如同在河流所有聲音之上盤旋的「唵」一般。當他的目光投向他的朋友，他的笑容更加燦爛。悉達多的臉上也浮現出同樣的笑容。他的傷口在綻放，他的痛苦在閃耀，他的「我」已融入統一之中。那一刻，悉達多不再與命運抗爭，不再忍受痛苦。他的臉上綻放出知識的喜悅，這喜悅不再與意志相抗，它知曉了圓滿，順應了世事的輪轉，生命的潮流，滿懷慈悲與喜悅，順流而下，歸於統一。

當瓦蘇德瓦從河畔起身，望向悉達多的眼睛，看到其中閃爍著智慧的光輝時，他便以他謹慎而溫柔的方式輕觸悉達多的肩膀，說道：「我一直在等待這個時刻，親愛的朋友。現在它已到來，我將就此告別。我作為船夫瓦蘇德瓦已等待良久。如今，已經足夠。永別了，小屋；永別了，河流；永別了，悉達多！」

悉達多向那個即將離去的人深鞠一躬。

「我早已知曉，」他輕聲說道，「你將進入林中嗎？」

「我將踏入林中，我將尋求合一。」瓦蘇德瓦笑著說道。

瓦蘇德瓦神采飛揚地離去，悉達多望著他的背影。他懷著深沉的喜悅、莊嚴的敬意注視著瓦蘇德瓦，看著他的步伐中充滿平靜，看著他的頭頂閃耀光芒，看著他的身影充滿光明。

〈解說〉

悉達多傾聽著河流的聲音，看到了他生命中的所有人：摯友、愛人、親人以及所有他認識的人。他看到他們奔向各自的目標和道義，他看到梵天。他墜入空無，完成河水交給他的修行。這一次，是真正的空無。河水在此刻構成了整個世界，成為生命之河，形成那個字——「唵」。

船夫此時步入林中，走向統一，走向圓滿，正如當年的喬達摩。而此刻的悉達多，可能也與他們是一樣的。

第二部

喬文達曾與眾僧侶在迦摩羅贈予佛陀弟子的林園中歇息。他聽聞有一個年邁的船夫，住在距這裡一日之遙的河畔，被眾人視為智者。當喬文達繼續上路時，便選擇了通往渡口的道路，渴望一睹那個船夫的風采。雖然他一生遵循戒律，因年紀與謙卑而受到年輕僧侶的敬仰，但他內心深處的不安與探求之火從未熄滅。

他來到河邊，請求老者為他擺渡。當他們從船上下來，踏上對岸，喬文達對老者說：「你為僧侶和朝聖者行過諸多善舉，已助我們許多人渡河。船夫，你不也是一個求道者嗎？」

悉達多蒼老的眼中帶著微笑，說道：「尊貴的人，你已步入暮年，卻仍身著喬達摩弟子的僧衣，仍自稱為求道者嗎？」

「我確已老邁，」喬文達回答，「但我的探求從未停歇。我將不懈

〈解說〉

喬文達也一路探尋著，修行著，只是他與悉達多選擇的方式不同。正如悉達多所說，只知道遵循教義的僧侶可能永遠也無法找到答案。真正的答案和阿特曼就在腳下，每一步都是修行的一部分，每一步都作數。如今的喬文達已經年邁，他離開悉達多時，不再是任何人的影子，如今，他似乎又成了佛陀的影子，不過他的探尋一直未曾停止。

追求，這似乎是我的天命所在。你，在我看來，也未曾停止過探尋。你可願意對我訴說，尊敬的先生？」

悉達多說道：「我又能向你訴說何事，尊貴的人？或許你探尋得過於熱切？因探尋而無法真正發現？」

「此話怎講？」喬文達問道。

「當一個人在探尋，」悉達多說，「他的目光常被所求之物蒙蔽，無法容納其他，因為他心中只有探尋，因為他懷有一個目標，因為他被目標所束縛。探尋即是心中有一個目標。然而，發現的真諦在於：心靈自由，胸懷開闊，無所執著。你，尊敬的人，或許確為一個探尋者，因目標的牽引，而忽略了眼前眾多的事物。」

「我尚不能完全領會，」喬文達懇求地問道，「你究竟何意？」

悉達多說道：「多年之前，尊敬的人，你曾到這河畔，偶遇一個沉睡之人，你便守護在他身旁，護其安眠。然而，喬文達，你卻未能認出那個沉睡之人。」

僧人驚訝不已，如同被施了魔法，凝視著船夫的眼睛。

「你是悉達多？」他怯聲問道，「今日相見，我也未能認出你來。衷心問候你，悉達多，與你重逢我由衷歡喜！你變化甚大，朋友。如今你竟成了船夫？」

悉達多友善地笑了。「是的，一個船夫。有些人，喬文達，有些人必須歷經各種變遷，穿上各樣的衣裳，我便是這樣的人，親愛的朋友。歡迎你，喬文達，請在我的小屋中過夜。」

喬文達在那小屋中留宿，躺在瓦蘇德瓦曾躺過的床上。他向少年時的好友提出許多問題，而悉達多也向他講述了自己生活中的許多故事。

到了次日早晨，準備開始一日的旅程時，喬文達帶著些許猶豫問道：「在我上路之前，悉達多，請允許我再問一個問題。你是否遵循某種教義？是否有某種信仰或智慧，指引你的生活與行為？」

悉達多說道：「你知道的，親愛的朋友，當我還是個青年，當我們在林中與苦行僧共處時，我已經對那些教義和老師心生疑惑，選擇背離。如今，我依舊如此。然而，自那以後，我也有過許多位老師。一個美麗的名妓曾做了我很久的老師，一個富商也曾是我的老師，還有那些玩骰子的賭徒。一次，當我在林中沉睡時，一個在朝聖途中的佛陀弟子坐在我身邊，也成了我的老師。我也從他那裡學習，對他心懷感激，非常感激。但我從這條河，還有我的前輩——船夫瓦蘇德瓦那裡學到的最多。

瓦蘇德瓦是個極其簡單之人，他並非哲人，但他知曉生活中必要之事。他與佛陀一樣，是個完人，是個聖者。」

喬文達說：「悉達多啊，你依舊喜歡嘲弄。我相信你，知道你並未追隨任何老師。但你是否找到了一些屬於你的、幫助你生活的思想與認識？如果你願意向我透露，我定會心中歡喜。」

悉達多說道：「我曾有過思想，是的，也有過頓悟。有時，或一時，或一日，一些念頭曾如生命般在我的心中跳動。然而，我難以將它們傳達給你。看，我的喬文達，這是我的體悟之一：智慧無法傳授。智者嘗試傳授的智慧，聽來總似無稽之談。」

「你在說笑嗎？」喬文達問道。

「我並非說笑。我所說的便是我的發現。知識可以傳授，但智慧不可。智慧能被尋得、體驗、承載，可以用來創造奇跡，卻無法言傳和教授。我年輕時便已隱約察覺，正是這種感悟驅使我離開了所有老師。我有一個想法，喬文達，你可能認為它只是玩笑或是愚蠢，但它卻是我最好的思考：每個真理，其反面同樣真實！事實便是：只有片面的真理，才能被表達和用言語描述。一切可以用思想和言語觸及的都是片面，都是一半，都缺乏完整、圓融和統一。當世尊喬達摩在教義中講述世界時，他必將世界劃分為輪迴與涅槃、幻象與真實、苦難與解脫。無人能夠例外，傳授之人並無他途。但世界本身，我們周圍的一切和我們內在的存在，從來不是片面的。從未有一人或一事，完全輪迴或完全涅槃，無人完全神聖或完全罪惡。看似如此，是因我們受幻象所困，相信時間真實存在。可時間並非真實，喬文達，我已反復體會。若時間並非真實，那看似橫亙於現世與永恆之間、痛苦與極樂之間、惡與善之間的鴻溝，亦不過是幻象。」

「這是何意？」喬文達謹慎地問道。

「請聽好，親愛的朋友，認真聽好！我們這些罪人，我和你，雖是罪人，但終將再次成為梵天，終將涅槃，終將成佛。看啊，這『終將』乃是幻象，不過是比喻而已！罪人並沒有朝著成佛之道邁進，他並未處於發展之中，儘管我們的思維無法設想除此之外的情形。不，在那罪人身上，今日此刻，未來的佛已存在其中，他的未來已在眼前，你應當在他之中，在你自己之中，在每一個潛在、可能、隱藏的佛之中，敬仰佛。我的朋友，喬文達，世界並非不圓滿，亦非緩緩朝向圓滿之路。不，它在每一剎那皆是圓滿，罪惡之中已孕育著救贖，孩童之中已藏著老邁，襁褓之中已預見死亡，臨終之人已擁抱永生。無人能看透他人，看出他在道路上行至何處，盜賊身上亦有佛性，婆羅門之中亦有盜賊潛藏。深入禪定之中，可暫時放下時間，將已逝、現存、未至的生命視作同在，屆時一切皆為善，一切皆為圓滿，一切皆為梵。因此，在我看來，一切存在皆是美好，死亡與生命、罪孽與聖潔、智慧與愚昧，一切都應如此，一切都只待我肯定，待我接受，待我愛的認可。於我而言，一切皆善，從不害我。我在身體和靈魂中感到，我迫切地需要罪惡，需要對情欲的渴求，對物質的嚮往，對虛榮的追求，以及最羞恥的絕望。我學會不再抗拒，學會愛這個世界，不再將它與我所希望、我所幻想的任何世界比較，不再追求我所構想的圓滿，而是任其如其所是，愛它，欣然歸屬於它。這些，哦，喬文達，便是我心中湧起的一些思考。」

悉達多俯身，從地上拾起一塊石頭，放在手中掂量。

「此物，」他戲謔地說，「是一塊石頭，或許在某個時刻，它會成為土，由土生出植物，或變為動物，或化為人。若是過去，我或許會說：『這塊石頭不過是塊石頭，它毫無價值，屬於塵世幻象，但因它在輪迴圈中或許也能化身為人，擁有思想，因此我也賦予它尊嚴。』我可能曾如此思考。然而如今，我卻會想，石頭便是石頭，它是動物，是神明，也是佛陀。我敬它，愛它，並非因它未來或許會變成這個或變成那個，而是因它早已化身萬物，亙古不變。正因它是石頭，今日作為石頭在我眼前，我才愛它。我於它的每條紋理、每個孔洞中，於它那黃色、灰色之中，於它堅硬的質地、敲擊時發出的聲響中，於它表面的乾燥或潮濕中，看到了價值與意義。有些石頭如油似皂，有些如葉，有些似砂，每塊石頭都獨特不凡，各自以自己的方式吟誦著『唵』，每塊皆是梵。但同時，它們仍是石頭，保持著滑膩或粗糙，這讓我感到喜悅，覺得奇妙無比，值得崇敬。但請容我不再贅言，言語難以盡述深奧之意，一旦說出，總有些微偏差，些許荒誕——但這也很好，我對此深表贊同。即使是一個人視若珍寶的智慧言語，在別人耳中也常常不過是愚蠢之談。」

喬文達默默傾聽。

「為何你向我講述那石頭？」片刻之後，他遲疑地問道。

「此話並無深意。或許，意在表明我願意愛那石頭、那河流，以及所有我們觀察並可從中學習的事物。喬文達，我能愛一塊石頭，也能愛一棵樹或一塊樹皮。這些都是具體之物，而具體之物值得去愛。然而，言語我無法去愛。因此，教義於我而言並無價值，它們缺乏硬度，缺乏柔軟，缺乏色彩，缺乏稜角，缺乏香氣，缺乏味道，它們僅是言語。或許正是這眾多言語阻礙了你尋找安寧，因為解脫、德行、輪迴、涅槃，不過是些詞語，喬文達。世間並無涅槃的實質，僅有涅槃一詞。」

喬文達說：「朋友，涅槃不單是一個詞，也是思想。」

悉達多繼續說道：「或許它是思想，我必須承認，親愛的朋友，我對思想與言語之分不甚在意。坦白而言，我對思想亦不甚重視。我更看重那些具體存在的事物。譬如，在這條船上，曾有我的前輩與老師，一位聖者，他年復一年，除了信仰這條河流，別無其他信仰。他察覺，河流彷彿在對他說話，他向河流學習，河流教導了他。河流在他心中宛如神明。多年來，他未曾意識到，每一縷風、每一片雲、每一隻鳥、每一隻昆蟲同樣神聖，同樣能傳授給他與河流一樣多的知識。然而，當這位聖人踏入林中，他無所不知，比你我通曉得更多。他無須教義，無須經卷，因為他只信仰這條河流。」

喬文達說：「然而，你所說的『事物』，是否真實存在？真的有其本質？它們不也只是摩耶的幻象，只是虛影與表象？你的石頭、你的樹、你的河流——它們真實存在嗎？」

「這些，」悉達多說，「我也不甚關心，若萬物皆為幻象，我也不過如此。那它們與我始終平等，並無區別。它們之所以讓我心生歡喜，肅然起敬，正是因為它們與我無異。由此，我方能深愛它們。我現在的想法，也許會讓你發笑，我的朋友，喬文達，在我看來，愛是萬事萬物中最重要的。對博學深思者而言，洞悉世界、闡釋世界、鄙夷世界或許是他們的追求。但我唯一的渴望，是能夠愛這世界。不鄙夷、不仇視它與我自己，能以慈愛、敬意和讚歎之心去看待這個世界、我自己和所有眾生。」

「我懂你的話，」喬文達說道，「但是佛陀，他已洞悉一切皆為虛幻。他教導我們心懷慈悲、寬容、同情和忍耐，而非愛；他告誡我們，不可將心束縛於世俗之愛。」

「我知道，」悉達多說道，他的笑容宛如金色的陽光，「我知道，喬文達。然而，我們正深陷觀點的密林，為言語而爭。因為我無法否認，我所說的愛與佛陀的教誨似乎相悖。正因如此，我對言辭充滿懷疑，因為我知道，這種矛盾不過是幻象。我深知，我與佛陀並無分歧，他怎可能不知曉愛的真諦。他已洞悉人類的無常與虛無，卻依然深愛著人們，甘願度過漫長而艱辛的一生，只為幫助他們，教化他們。即便是他，即便是那位偉大的導師，我也更偏愛他的行為而非言辭，他的行為和生命遠勝他的話語，他舉手投足的意義遠勝他的觀點。在我看來，他的偉大不在言辭，也不在思考，而在行動和生活。」

兩位老人沉默了許久。之後，喬文達鞠了一躬，準備告辭：「感謝你，悉達多，你向我說了你的想法。你的一些思想頗為奇特，我無法立刻完全領會。但無論如何，我感謝你，願你獲得安寧。」

然而，喬文達心中暗想：悉達多真是個怪人，他的言語充滿奇異，他的教義聽起來頗為荒謬。與此相比，世尊佛陀的教義聽起來多麼純淨、清晰、易懂，其中並無半點奇異、荒謬或可笑之處。然而，與他的思想不同，悉達多的雙手、雙腳、眼睛、額頭、呼吸、微笑、問候和步態，在我看來，卻顯得格外和諧。自我們敬仰的佛陀進入涅槃之後，我再未遇到過一人，能讓我感到，這便是一位聖者！唯有悉達多，讓我如此認為。或許他的教義有些古怪，他的言辭聽起來有些荒謬，但他的眼神、

〈解說〉

喬達摩的思想不單是停留在教義之中，而是滲透於世間萬物。但這一切都是作為佛陀無法用語言全部表明的東西。在這種情況下，作為求道者，需要去世間感受一切。

喬文達多從教義中尋得答案，聆聽佛陀的智慧，作為求道者自然收穫良多，但是他對世界的全面體悟並不夠深入。當喬文達與悉達多在垂暮之年相遇時，他們坦誠而深入地交流修行體悟，喬文達從悉達多那裡感受到法義之外的入世修行的良果。兩人似乎又回到最初的關係，但是一切又已經截然不同。

他的手、他的皮膚、他的髮絲，他的一切，都流露出一種純淨、寧靜、歡愉、溫柔和聖潔。自我們尊貴的導師離世以來，我未曾在任何人身上見過這些。

喬文達心中如此思索著，內心充滿矛盾。出於愛，他再次向悉達多俯身致敬。他深深地向安詳坐著的悉達多鞠了一躬。

「悉達多，」他說，「我們都已年老，恐怕再難相見。親愛的朋友，我看見你已經找到平靜。我承認，我尚未找到。請你，尊敬的人，再贈我一言，給我一些我能夠把握、明瞭的東西。請賜予我一些可以伴我前行的東西。我的道路常常是如此艱難又黑暗，悉達多。」

悉達多靜默不語，帶著一如既往的寧靜微笑望著喬文達。喬文達目光凝重地看著悉達多的面龐，眼中充滿了恐懼與渴望。他的眼神中流露出痛苦和永恆的追尋，永恆的未得。悉達多看到這一切，微微一笑。

「靠我近些。」他在喬文達耳邊低聲說道，「再近一些，更近一些，再近！親吻我的額頭，喬文達。」

儘管心中感到驚訝，但喬文達仍被這深沉的愛與預感牽引，依言向悉達多俯身，用唇輕觸他的額頭。就在這時，他感受到一個非凡的奇跡。當他的思緒仍在悉達多那些奇異的話語間徘徊時，當他還在徒勞地抗拒，試圖超越時間的束縛，將涅槃與輪迴合而為一時，當他心中對好友之言抱有的某種輕蔑與深厚的愛和敬畏交織在一起時，就在這一刻，他經歷了一種奇跡：他所見到的不再是好友悉達多的面容，而是其他面孔，許多面孔，如流水般不斷湧現，數百數千張面孔相繼出現又消逝，卻又彷彿同時存在，它們不斷地變換、重生，然而每一張面孔又都是悉達多。他看到一條魚的面孔，一條鯉魚，嘴巴因無盡的痛苦而張開，眼睛瀕死般翻白；他看到一個初生嬰兒的面孔，紅潤且布滿褶皺，因哭泣而扭曲；他看到一個兇手的面孔，看到他將匕首刺入他人的身體——在同一剎那，他也看到這個罪犯被綁著跪在地上，劊子手一刀斬下他的頭顱；他看到男人和女人赤裸的身體，在激烈的愛欲中糾纏；他看到屍體靜靜地躺著，靜止、冰冷、無息；他看到動物的頭，野豬、鱷魚、大象、公牛、鳥；他看到眾神，看到克里希納，看到阿耆尼——他看到這些形象和面孔在千絲萬縷的聯繫中相互依存，每一個都在幫助另一個，愛著、恨著、毀滅著、重生著。每一個都是對消逝的渴望，對無常的熱烈而痛苦的告白。然而它們並未真正死去，只是不斷變化，永遠重生，永遠獲得新的面孔，而在一張面孔與另一張面孔之間，並無時間的隔閡——所有這些形象和面孔靜止著、流動著，相互交織，不斷地生成、消逝，如

〈解說〉

▶克里希納，也稱大神黑天，是印度教中廣受崇拜的一位神祇，被認為是毗濕奴的化身之一。大神黑天的形象融合了各類神話的原型。然而，在某些地方，它也被認為是邪惡的象徵。

▶阿耆尼，即火天，印度教中的火神。創世之初，梵天從肚臍中生出了八位天神，其中以火神阿耆尼能力最強，成為八人的首領。

阿耆尼出生時，正值祭祀大典，眾天神希望他能夠成為祭典中的大祭司並攜帶祭品。阿耆尼十分恐懼，擔心當祭品燃盡時，自己的生命也會隨之消散，便藏進水裡。火神藏匿，沒有了照亮夜空的光，妖魔在夜間橫行霸道，攪得世界不得安寧。眾天神決定找到阿耆尼，讓大地重返光明。阿耆尼藏在水中，周身的火焰與灼熱感讓水底的魚類感到不安，便將阿耆尼的藏身處告訴眾天神；阿耆尼對魚兒的告密大發雷霆，詛咒它們會被人類端上餐桌後吃掉。阿耆尼對眾天神說，如果能夠得到永生，他就會回去。眾天神轉達梵天，梵天同意其要求，並告知他將是永生不老的祭司。於是火神阿耆尼重回大地，和自己的兄弟月神蘇摩一起成為祭祀的新主宰。

同水流匯聚成河，彼此融合。在這一切之上，始終籠罩著一層薄如蟬翼、虛無而又實在的存在，宛如一層薄薄的玻璃或冰，一層透明的肌膚，一層由水構成的外殼、模子或面具。這個面具帶著微笑，而這個微笑的面具正是悉達多的笑臉，正是在這一剎那，喬文達用雙唇輕輕觸碰悉達多的面龐。如此，喬文達見到了這個面具的微笑，這個統一萬相的微笑，這個超越萬千生死的微笑，這個悉達多的微笑，正與他曾以敬畏之心數百次目睹的佛陀喬達摩那寧靜、微妙、深不可測的微笑一模一樣，或許帶有慈悲，或許帶有嘲諷，充滿智慧，變化萬千。喬文達明白，那些圓滿之人便是如此微笑的。

喬文達不再知曉，這些幻象是一瞬還是百年；不再知曉，是否有悉達多，是否有喬達摩，是否有我與你。他的內心深處，如同被神箭所傷，

〈解說〉

在最後一次與悉達多的交談中，喬文達憶起了他所愛過的、所珍視的以及神聖的一切。他讀懂了這世間的道義，也讀懂了一路都在離經叛道的悉達多。而悉達多正如世尊佛陀一樣，指引著萬千靈魂，引領他們走向涅槃、圓滿；但這並非現實意義上的涅槃與圓滿，而是存在於人們的精神世界中。

那傷口甜蜜如甘露，讓心靈迷惑，沉醉其中。喬文達靜靜佇立片刻，俯身望著悉達多的寧靜面容，他剛剛親吻過的面容，那是展現所有形態、所有變化、所有存在的地方。他面容未改，萬千變化再次消退，他靜靜地微笑，溫柔而微妙，或許充滿了慈悲，或許帶著一絲嘲諷，正如佛陀的微笑。

喬文達深深鞠躬，淚水不知何時已潤濕他那蒼老的面龐，他心中湧動著深沉的愛意和謙卑的敬仰，如火焰般熾熱。他深深鞠躬，幾乎額觸大地，向那靜坐不動的身影致敬，那人的微笑喚起了他一生中一切所愛，一切珍貴、神聖的記憶。

譯後記

人生修行：吾心安處是吾鄉

悉達多自出生起就已展現出與他人的不同。他更想要追尋人生的意義、自我的意義，而非像其他婆羅門一樣僅僅停留在眼前的世間，只看著、瞭解著眼前的一切，卻從不主動理解、領悟。似乎在他們眼中，悉達多已經是個了不起的存在，所有人也都追隨著他，敬佩著他。

但是悉達多的內心並沒有在這種情況下獲得平靜，日常的冥想顯然不能獲得道中之道。路過的沙門喚起了悉達多追尋道中之道的熱情，喚起他尋找真正的阿特曼的熱情。真正的阿特曼到底在哪兒？真的有那麼重要嗎？這對身處塵世中的我們當然是不必要的，但這一切對悉達多來說極為重要。

他在每一次誦經之後發出的「唵」字，都不僅僅是唱誦，而是一種源自內心的寧靜與平淡。他修習冥想，日日沉浸於經義之中，試圖通過這些方式尋到道義，可一切不過是徒然。愈是悵然，愈是不解；愈是悵然，愈是迷茫。婆羅門的思想早已在他的心中根深蒂固，可即便如此，他那顆追尋真理的心依舊不變。

在每一次的修習過後，悉達多所感受到的是靈魂的不安。他不知道自己將要去向何方，不知道自己從何處而來，甚至不知道自己是誰。

他得到了近乎一切的愛與尊重，可他向來不會因這些外物而感到幸福。在悉達多的世界裡，僅有阿特曼才是最終的歸宿。他一遍遍地找尋，一次次地徘徊，皆是為了心底的疑問，為了真正的意義。

在看到沙門的苦行後，悉達多決定加入他們。沙門之人都是朝聖的苦行僧，他們骨瘦如柴、孤獨、與凡塵格格不入。或許他們就是受夠了凡塵的種種，受夠了通行於世的規則，才變成如今的樣子。又或許是他們本就不屑停留在塵世間，只想不斷地去追尋他們心中的阿特曼。他們一路苦修，卻不知真正的修行要在凡塵中進行。

悉達多選擇入沙門，是想要去看看苦修的沙門能否幫他找到阿特曼。他不是為了逃離，而是為了尋找。喬文達作為悉達多的朋友、影子，始終都在追尋悉達多的步伐。他愛戴也遵循著悉達多，順從他，認可他，和他一起踏上尋找阿特曼之路，一起步入沙門。

在沙門的幾年中，悉達多並未得到他想要的答案，沙門中的清規戒律更是讓他陷入無盡的徘徊與深淵之中。禁食、等待和思考，修習與禪定都不過是短暫的麻醉與停留，就像民眾用酒精麻醉自己。悉達多此時所做的一切，還是無法讓他尋到那條道中之道。

跟隨對這世間的好奇和阿特曼的指引，悉達多辭別沙門，踏入塵世，這是他修行轉折的起點。在塵世間、欲望中，他不斷將自己打破，再重組，試圖在其中尋到屬於自己的真理。他開始感受具體的事物，山即是山，水即是水，一步步走向真正的自己。

塵世中的一切漸漸將他變成一個普通人，在這裡，唯一要做的便是生存。禁食、等待和思考在這裡不復存在，有的只是凡塵、欲望和愛。他做了幾乎所有先前他鄙夷之事，將自己留在塵世中。悉達多本人對這些庸俗之物極度蔑視，卻也在時間的長河中由蔑視一步步被完全吸引。在強烈的欲望驅使下，悉達多變得不再是悉達多，又或者，是一個連他自己也不認識的悉達多。

不過最後，他於深淵中窺見了又一個自己，於徘徊中看到了自己於凡世中體悟到的道義，繼續印證著自己一直想要追尋的阿特曼。在河邊，悉達多一遍遍回想著塵世中的罪孽，想要結束自己的生命，墜入河中，卻又在一聲聲的「唵」中歸於平靜。

後來，他和船夫學習了如何傾聽河流的聲音。河流永遠在那兒，一切都是本質和當下。在塵世間的經歷，也在有了新的相遇後，讓他產生了新的體驗與感受。可能多數人看到悉達多傾聽河水的流動後，認為他已領悟到了一切，卻不想當迦摩羅帶著年幼的兒子出現在他面前時，一次新的輪迴與體驗又開始了。

這一次，他真正地感知到愛與責任。他一次次想要將小悉達多留在河邊的茅草屋中，可孩子應該有自己的選擇。當老婆羅門的臉龐出現在奔流不息的河水中時，悉達多才意識到自己的荒謬。現在的自己，正如當年試圖阻止他進入沙門的父親一般。

那時候，父親拗不過年少的悉達多，放走了他，並給予他隨時回家的底氣。然而，悉達多一走就是幾十年，他曾感受孤獨與絕望、沉溺與重生，可依舊毅然決然地行走在追尋阿特曼的道路上，從未回頭。如今的小悉達多也是如此，他該去追尋屬於自己的阿特曼。即便是墜入塵世的欲望之中又如何，那是屬於他的經歷與命運，是他該承受的一切，更是人生中不可或缺、不可磨滅的經歷。小悉達多的離開讓悉達多再一次墜入深淵又重生。

凡塵間的種種讓悉達多學會了愛、利益、欲望、責任……這些都是人的本能。如今，在成長中和輪迴中，悉達多讀懂了「吾心安處是吾鄉」。塵世間習得的一切在河流的凝視與嘲笑中變得尤為渺小，他沉潛於傾聽，徹底空無，完全吸納。所有的愛恨交織為一體，構成世界，構成事件之河，構成生命之歌。而此刻的他，正如當年的佛陀一樣，進入了一種精神的涅槃。

國家圖書館出版品預行編目(CIP)資料

必讀經典：流浪者之歌 / 赫曼．赫塞(Hermann Hesse)著；董曉男譯. -- 初版. -- 新竹市：大溏文化事業有限公司出版：大和書報圖書股份有限公司發行, 2025.4.
面；　公分

譯自：Siddhartha.
ISBN 978-626-99361-1-3(平裝)

875.57　　114002859

必讀經典：流浪者之歌【解讀版】

Siddhartha

作者　赫曼．赫塞（Hermann Hesse）
譯者　董曉男
特約編輯．排版　張立雯
封面設計　黃千芮
行 銷 部　蔡幃誠
發行人兼出版總監　蔡建志
出版　大溏文化事業有限公司
發行　大和書報圖書股份有限公司
地址　新竹市工業東二路11號
電話　0927697870

印 刷　呈靖彩藝有限公司
初 版　2025年4月　定 價 400元
初 版二刷　2025年9月　定 價 400元